鸟不知名声自呼

——王志鸣诗词散文集

王志鸣　著

中国财富出版社

图书在版编目（CIP）数据

鸟不知名声自呼：王志鸣诗词散文集/王志鸣著. —北京：中国财富出版社，2018.3
ISBN 978 - 7 - 5047 - 6619 - 9

Ⅰ.①鸟⋯　Ⅱ.①王⋯　Ⅲ.①诗词—作品集—中国—当代 ②散文集—中国—当代
Ⅳ.①I217.2

中国版本图书馆 CIP 数据核字（2018）第 054328 号

策划编辑	张　茜	责任编辑	张　茜		
责任印制	梁　凡	责任校对	孙会香　卓闪闪	责任发行	敬　东

出版发行	中国财富出版社				
社　　址	北京市丰台区南四环西路 188 号 5 区 20 楼		邮政编码	100070	
电　　话	010 - 52227588 转 2048/2028（发行部）		010 - 52227588 转 321（总编室）		
	010 - 68589540（读者服务部）		010 - 52227588 转 305（质检部）		
网　　址	http://www.cfpress.com.cn				
经　　销	新华书店				
印　　刷	北京九州迅驰传媒文化有限公司				
书　　号	ISBN 978 - 7 - 5047 - 6619 - 9/I·0277				
开　　本	787mm×1092mm　1/16		版　　次	2018 年 4 月第 1 版	
印　　张	15.25		印　　次	2018 年 4 月第 1 次印刷	
字　　数	325 千字		定　　价	54.00 元	

自　序

　　这本诗词散文集，是我利用近两周的时间紧锣密鼓、快马加鞭整理出来的，因为担心松懈下来没有了心劲儿，只言片语也就不知去向了。此次共选录诗词 130 首、散文 15 篇。诗歌中少则 4 句，多则达 244 句。整理中发现，在学校工作这几年我写了不少诗词，虽水准不高，却是真人实事，真情实感。许多去过的地方，我用诗词记录下了当时的情景、故事，如今翻阅，触景生情，历历在目，记忆犹新。当然，用诗词的形式表达和记录，需要时间和速度。我的时间是挤出来的，每去一个地方前我会事先询问路途远近，根据坐车的时间决定诗词的长短。所以，我写的较长的诗歌都是在长途车程内或晚间追忆完成的。至于速度，就是笨鸟先行，勤于笔端，熟能生巧。当然，诗词需要严谨，闲暇时我就会平仄推敲，字词斟酌，韵律修正。

　　我喜欢上诗词歌赋，与其说是一种巧合，不如说是一种机缘。说实在的，我没有多么高的文化底蕴和文学修养，读高中时正值"文化大革命"时期，风云变幻不读书；下乡入伍时，务农操练更是不得闲；大学时也难得有诵读诗词歌赋的闲情雅致。我为什么就喜欢上了诗词散文，一发不可收了呢？想一想也挺有意思。我在高中学习时、农村下乡时、部队服役时，先后参与编写剧本和组织、导演文艺节目 6 次，每每获奖或得到好评。第一次和第二次是在高中的 1972 年和 1973 年，我作为班级团支部书记参与组织文艺节目，其中的诗朗诵和双簧戏先后两年均获得学校的一等奖，这起到了"破蒙"的作用。第三次是在下乡当知青的 1975 年，知青陆续招工上学，我作为"头儿"留下来等待机会。只剩我一名男生和六名女生的时候，我兑现刚下乡时对大队干部和社员提出的"演一台节目"的承诺，编排节目为村里贫下中农演出了一个多小时，其中反映村里生动故事的相声在县里跟随文艺团体演出了多场；体现计划生育政策的小坐唱在公社广播站录了声音，早晚播放，引起全村乃至全公社的轰动。第四次是 1978 年在 38 军通信营无线电连担任战士报务员期间。38 军军直组织汇演，连队节目本来由一名具有丰富"文艺细胞"的干部报务员组织，可连队指导员嫌他事儿多，就给他放了长假，命令我负责组织连队节目。当时的连队指导员也是到我家乡招兵的指导员，知道我们下乡时的"杰作"，所以他理直气壮地要求我"要拿奖"。结果我用山东琴书的特殊调调，配上连队新人新事的词句，获得了"优胜奖"（第一名）。第五次是 1979 年在 104 野战医院政治处当放映员时。医院组织汇演，我作为机关战士，编写导演的节目获得"创作奖""道具奖"和"表演奖"。第六次更是神乎其神，1998 年响应上级要求，我组织排练了一个小品《买菜》，在军事医学科学院获得一等奖；代表该院参加总后勤部汇演，又获得一等奖；代表总后参加全军汇演，最终获得全军业余创作演出一等奖。喜悦的疯狂和庆功的欢乐那是不言而喻的。不过我见好就收，从此"洗手不干"了。那么，这些经历与写诗填词有什么关系吗？真的有关系。编写的节目必须情节起伏，台词需要合辙押韵。什么情节，怎么起伏？何是辙，甚为韵？没有人教。开始就是自己揣摩，觉得顺嘴合拍就激动得不行，心花怒放。1978 年 5 月 1 日，在军队工作的父亲不经意间捎给我一本济南军区政治部文化部编印的《文艺学习资料》的小册子，我如获至宝。这本小册子的主要内容是纪念毛泽东同志《在延安文艺座谈会上的讲话》发表 35 周年，文章最后介绍了音韵的一般知识，非常简单，却很实用。后面还有"普通话常用同韵字"，从此它成为了我写诗填词的手边书，直至今日。

当然，还有更深层的训练教诲在其中。在我初中和高中阶段，妈妈总是在我耳边絮叨说，某某某真会写东西，写着写着就进步了。这种经常提醒式的唠叨，在我心底埋下了"要学会写东西"的念想。爸爸也有一事经常告诫，今后一定要好好学习哲学。当时，哲学为何物，我不得而知，但是脑海里烙上了"要学习哲学"的记忆。后来在南京政院学习期间认认真真学习了哲学，在工作中踏踏实实训练了写作。诗词散文中直观写作技巧，无止境；诗词散文中蕴含哲学道理，有深意。总之，没有奠定好这些基础，撰写诗词散文就是可望而不可即的高雅了。

选录的诗词散文中，有的叙事、有的拟人，有的写景、有的表意，有的含蓄、有的坦率，有的收敛、有的奔放，却都是真言快语，直抒胸臆。这里就不俗话连篇，有失雅兴了。明末诗人夏完淳曰："辛苦徒自力，慷慨谁为心？滔滔东逝波，劳劳成古今。"对于我，有些高远了。苏轼的"花非识面香仍好，鸟不知名声自呼"[①] 表达了我此时此刻的心绪，也表述了我过往生涯的印迹。书名就是它了。

2017 年 8 月 6 日

---

① 出自钟敬文的《兰窗诗论集》。

目　录

艰辛历尽笑沧桑

从头越①

（2010 年 1 月 12 日）

脱下戎装进校园②，
热血满腔不知寒。
糊涂面对身边事，
笑谈艰难何为险！
孤寂入行无所求，
深浅不顾一身胆。
知命③之秋从头越，
抖擞精神过一年。

---

① 从头越：毛泽东同志诗词《忆秦娥·娄山关》中的一句词："雄关漫道真如铁，而今迈步从头越。"迈步，
跨步、大踏步。从头越，有从头再开始的意思。
② 脱下戎装进校园：戎装，军装。本句指作者 33 年军旅生涯结束后，转业到高校。
③ 知命：即知天命。由"五十而知天命"，代称 50 岁。

无 奈

（2010 年 1 月 12 日）

风风火火满院跑，
忙忙碌碌作为小。
经常冒出几个人，
无冤无仇一顿吵。
九流三教①齐上阵，
推门就找校领导。
新旧大小许多事②，
千头万绪何时了？

---

① 九流三教：旧时泛指社会上各阶层、各行业的人，这里泛指各类人员。古代"三教九流"之本意，是指三种宗教和九种学术流派。"三教"，是指儒教、道教、佛教。"九流"，是指儒家、道家、阴阳家、法家、名家、墨家、纵横家、杂家、农家九个学派。在封建社会，人们把"九流"分为上、中、下三种。"上九流"是：一流佛祖二流仙，三流皇帝四流官，五流员外六流客，七烧八当九庄田。其中"客"指商客，即商人，"烧"指烧锅作酒的，"当"指开当铺的。"中九流"是：一流举子二流医，三流风鉴四流批，五流丹青六流工，七僧八道九琴棋。其中"风鉴"是指算风水的阴阳先生，"批"是批八字的，即算命的。"下九流"是：一修脚，二剃头，三从四班五抹油，六把七娼八戏九吹手。其中"班"指班头衙役，"抹油"指开饭馆的，"把"指江湖卖艺的人。

② 新旧大小许多事：学校历史遗留问题比较多，加上工作现实问题，导致笔者的工作进展没有头绪。尤其从军队转业到高校，笔者从未从事过后勤管理等工作，有些着急生怨。

沁园春·心　境

（2010 年 12 月 28 日）

暮色苍茫，

天透气爽，

一抹霞红。

见门楼矗立，

视贤①鞠躬；

庭院平推，

纳仁②心胸。

道路宽延，

银杏枝展，

欲与书生比从容。

夜幕临，

似世外桃源，

身在福中。

小径漫步轻松，

思所辖人和乐融融。

令群英出兵，

成竹在胸；

草莽③人物，

黔驴技穷④。

春夏秋冬，

院落洁净，

---

①　贤：指贤士，有美德、有才能的人。

②　仁：指仁人志士，仁爱有节操的人。

③　草莽：比喻平庸、轻贱。

④　黔驴技穷：黔，今贵州省一带；技，技能；穷，尽。比喻有限的一点儿本领已经用完了。

笑脸扑面情更浓！
京杭源①，
叫斗酒彘肩②，
豪饮杯盅。

---

① 京杭源：北京物资学院内一食堂的名字。
② 斗酒彘肩：形容英雄豪壮之气。彘肩：猪腿。

满江红·岁月见证

（2012 年 1 月 23 日）

时不我待，
回头望、求成心切。
急步行、蹒跚不误，
斩钉截铁。
立身处世①讲规则，
同心勠力②兴行业。
待那时、恰正道还原，
呈飞跃。

树欲静，
微风掠；
水起皱，
薄冰泻。
遇急难险重、会集才略。
弘扬清风真履行，
坚持正义难推卸。
鬓发白、再拼六年间，
翻一页！

---

① 立身处世：立身，指自立成人，置身于社会中，在社会中自立；处世，指与世人交往相处，人在社会上待人接物的种种活动。
② 同心勠力：指齐心合力。

浪淘沙·期　待

（2013 年 1 月 10 日）

熟路未悠闲，
又扩方圆。
群英奋战克艰难。
若有人知何去处①，
把酒欢颜。

期待在今年，
勇往直前。
综合改革是源泉。
深入破题抓大事，
捷报频传②。

---

① 若有人知何去处：借用黄庭坚《清平乐》词"若有人知春去处，唤取归来同住"。
② 下阕的大致意思是期望进行全面改革，抓紧破题，举全校之力抓大事，获得改革创新的喜讯。表达急切
之情。

诉衷情·愿　望

（2015 年 2 月 26 日）

孤影隐退①入学堂。
六载不虚忙。
砖墙草木有情②，
凡事亦流芳。

求卓越，
创辉煌，
要担当。
两年光景，
身将离别③，
心却留香。

---

① 孤影隐退：孤影指孤单的影子。隐退的基本意思为逐渐消失，在此指退出军旅生涯。
② 砖墙草木有情：在校园里做一些盖房子、种植草木的简单劳动，对劳动成果却很有感情。
③ 两年光景，身将离别：再过两年多的时间，笔者就真的"全身而退"（退休）了。

念奴娇·深 思

（2016 年 2 月 22 日）

登高眺远，
弹丸地、雨打风吹无迹。
茫然若失神恍惚，
何处觅寻真谛。
不惧艰难，
激情挥霍，
怎舍好兄弟。
曙光凸显，
寒冬顷刻春季①。

蚕丝蜡泪游魂②，
梦牵信步，
幻想早丢弃。
年轮沧桑镶印痕，
是非曲直实记③。
劝君深思，
鲲鹏展翅，
社稷别随意。
奋发图强，
获得一席之地。

---

① 曙光凸显，寒冬顷刻春季：北京市教工委领导正在启动建立北京物资学院与中国人民大学联合办学体的工作。北京物资学院与中国人民大学成为联合办学体后，两校间可互派校级领导干部，中国人民大学可向北京物资学院输入部分学科专业，同时利用中国人民大学的博士点，强化北京物资学院的学科专业，届时北京物资学院还可使用中国人民大学的校名，优化招生资源。在政策条件允许的前提下，北京物资学院可征地扩大校园区域。这些利好的运作内容和信息，令人兴奋至极。

② 蚕丝蜡泪游魂：凝聚"春蚕到死丝方尽，蜡炬成灰泪始干"的精气，汇成力量。

③ 年轮沧桑镶印痕，是非曲直实记：人和事的沧桑经历，犹如树木的年轮一样，早已镶嵌印迹，是非曲直早已实实在在地记录在案，成为历史。

行香子·说　梦

（2017 年 2 月 20 日）

言之铿锵，

行之担当①。

勿蹉跎②、阅尽沧桑。

回首往事，

醉酒激昂。

却只身胆，全身退，浑身伤③。

醒时苦尽，

梦时甘尝④。

愿人生、充满阳光。

美好景致，

送上天堂⑤。

敬一束花，一束绿，一束香⑥。

---

　　① 言之铿锵，行之担当：铿锵是形容有节奏而响亮的声音。语言表达往往带有响亮、激越、向上的含义，行为敢于较真、碰硬、担当。

　　② 蹉跎：虚度光阴，任由时光流逝却毫无作为。勿蹉跎是指别让易逝的光阴白白流逝。

　　③ 却只身胆，全身退，浑身伤：一身肝胆闯入高校，全身而退时，可能有着包括内伤和外伤在内的浑身伤痕。

　　④ 醒时苦尽，梦时甘尝：退休之后，清醒的时候已经没有激愤、怨恨、悲伤和无奈，梦中回味品尝的却是几十年一点一滴酿成的"美酒"甘甜。

　　⑤ 美好景致，送上天堂：还有许多成形的改革设想和美好的建设梦想，都没有实现，只好存放在"云"里，犹如送上天堂一样束之高阁。

　　⑥ 敬一束花，一束绿，一束香：那些美好的设想啊，想起来了、建起来了，就敬上一束鲜花、奉上一束绿植、请上一束高香，表达心意，宣泄心情。

火锅的话外音

（2010 年春节）

吃羊肉，吃羊肉，大家涮着肉；

涮火锅，涮火锅，大家围着锅。

吃羊肉暖心窝，涮火锅心热活。

暖心窝，心热活，

在座的大家一定：

想爹想娘想公婆，

想弟想妹想姐哥。

久存的祝福赶快掏出心窝窝：

成绩优异，命运在握；

学业有成，报效祖国；

勤奋工作，快乐生活；

美好日子，多吃火锅。

祝愿大家和亲朋好友：

幸福健康都快乐！

吃羊肉，涮火锅，

热热乎乎好快活。

生活常常有坎坷，

工作常常要爬坡。

今天是学长，明天成师哥；

今天是同学，明天成楷模。

愿大家的工作生活像火锅：

我中有你，你中有我；

我帮着你，你帮着我。

火锅象征团圆，

火锅让人心热活。

我们常常涮火锅，

大家天天都快乐！

注：笔者在军队工作时，习惯性地春节不回家，心里始终树立着"领导就应该与值班人员同甘共苦"的理念。连续两年在学校陪伴部分师生和"大后勤"人员过春节。在除夕晚上食堂聚餐时，大家让笔者代表"大后勤"讲话，作此诗以表达心意。

奋 斗

（2011 年 2 月 5 日）

进校门，眼迷茫。
管后勤，心着慌。
接工作，脑发涨。
武夫进文教，
文官入武行①。
春夏秋冬，未停歇，
急难险重，不思量。
按下葫芦起了瓢，
擦完屁股去救场。
心受伤，身遭殃，志坚强。
一批有头有脸的草莽人物，
一地无证无序的非法摊位，
须臾去何方？
区区小事一桩，
不足挂齿表扬。
又是一年逝去，
款款大道无光②。

---

① 武夫进文教，文官入武行：武夫指武士、勇士，泛指军人。文官指军队非军事作战官员，如政工干部。武行指舞台上专演武戏的配角，借指高校的行政服务保障业务。
② 款款大道无光：做了许多微不足道的事务性工作，未来的发展建设没有看到目标和方向。

期　盼

——参加新教师乘船游览运河座谈有感

（2012 年 9 月 16 日）

船到桥头必直行，
将从名师总会赢。
修炼品德少烦事，
教书育人多取经。
丰富知识无止境，
风格魅力有人评。
千头万绪脚下始，
桃李天下扬京城。

注：2012 年 9 月 16 日，北京物资学院组织部、人事处组织的新教师乘船游览运河座谈，要求参加活动的校领导发言，笔者当即写了这首诗，寄语新教师。

江城子·向前闯

（2012 年 9 月 16 日）

风华少年当自强。
度寒窗，
下农庄。
辗转离家，
志向在远方。
军旅生涯谈笑过，
经坎坷，
任风霜。

如今踏入大学堂。
不彷徨，
敢疯狂。
结交友朋，
体累少悲伤。
拳打脚踢成景色，
回头望，
赏风光。

注：2012 年 9 月 16 日，参加北京物资学院组织部、人事处组织的新教师乘船游览运河座谈时，笔者看到风华正茂的年轻教师，感慨万分，不由得想起自己的人生经历和工作现状，遂写下这首词抒发心情。

钗头凤·与思政部教师交流有感

(2012 年 11 月 16 日)

言无味，
心添愧，
盛情推辞成新罪①。
身边座，
言辽阔。
连年远离，
时间挥霍②。
过，过，过！

年增岁，
心难褪，
论文感想呈纯粹③。
思情拓，
无疑惑。
哲经文史，
把持航舵④。
获，获，获！

兰腮贵，
菊面配，

---

① 言无味，心添愧，盛情推辞成新罪：长期未从事思想政治教育，思想跟不上形势，参与座谈，心中有愧。盛情邀请，不去也觉得不对了。

② 身边座，言辽阔。连年远离，时间挥霍：大家围坐身边，发言踊跃，思想活跃。连年远离思政理论学习，与教师相比，自己的时间都挥霍了。

③ 年增岁，心难褪，论文感想呈纯粹：虽然年龄增长，但对思政工作有感情，论文感想自然而然地还会去表达。

④ 思情拓，无疑惑。哲经文史，把持航舵：在政治理论学习中，对思政教育有真情拓展，对科学社会主义理论，尤其对中国特色社会主义理论和道路没有疑惑和异议。哲经文史，即为文史哲经专业。正确掌握文史哲经专业知识，可在新媒体时代的信息碎片化过程中，把持住航舵，不偏离方向。

未饮酒水人先醉。
情真切，
灵非弱。
一生跟随，
胸襟开阔。
烁，烁，烁！

前排位，
人相对，
群英集结热血沸。
唇舌驳，
交锋迫。
辨明真理，
终生求索①。
做，做，做！

---

① 唇舌驳，交锋迫。辨明真理，终生求索：思政教师在座谈会上唇枪舌剑，思想交锋，辨明真理，且"路漫漫其修远兮，吾将上下而求索"。

幸福吗

（2012 年 12 月 20 日晨 4 时完稿）

你问我，幸福吗？
我问你，幸福吗？
沉思，良久，难以作答——
那时那刻，我幸福吗？
此时此刻，你幸福吗？
这样一句简单的问话，
包含着许多酸甜苦辣。

当在年轻朝霞的时节，
心里时常乐开花——
严父慈母，
天天唠叨离不开他；
姑娘小伙儿，
对上象了盘算成家；
白天黑夜，
优生优育抱个娃娃；
节日休假，
无忧无虑闯荡天涯。

当在中年收获的时节，
心里时常很疲乏——
老人在家，
大事小事都是老大；
孩子上学，
个性叛逆总不听话；
房子贷款，
入不敷出几乎压垮；

身体透支，
吃苦耐劳病根埋下。

当在年老黄昏的时节，
心里时常有些怕——
老人年迈，
腿脚胃肠每况愈下；
子女工作，
结婚生子任务下达；
房子不大，
老俩面对不知说啥；
照照镜子，
头发变白眼角耷拉。

当我们成长进步时，
就像胸前戴朵花——
竞聘上岗当了家，
领导身份被人夸，
办公条件得改善，
家中地位也升华。
成绩突出当教授，
小小名片都生花。
多年媳妇熬成婆，
一劳永逸穿袈裟。

当我们成长不顺时，
就像心里塞团麻——
一处之长责任大，
加班加点眼睛花；
一不留神挨顿批，
满腹委屈泪咽下。
不在其位谋其政，
腰杆不硬两头夹，
主持工作时间久，

为何无人说句话?!
年轻教师待遇低,
退休工资拦腰杀。
高级职称年年评,
教授何时到我家?!

走上讲台,
胸有成竹知识撒;
步入寒舍,
洗衣做饭打嘴架;
科研获奖,
年底交差奖金拿;
买辆汽车,
两年牌照摇不下;
完成任务,
受到表扬还提拔;
喝壶老酒,
老婆孩子一顿骂。

喜极而泣,
躺着中枪,好事办砸;
乐极生悲,
跳舞摔跤,唱歌嗓哑。
放屁砸了后脚跟,
喝水塞了老槽牙。
买辆新车轱辘被扎,
脚踏单车被人笑话;
工作艰难脑袋很大,
家中屋顶雨水滴答;
费力瘦身——脸上长褶,
轻易肥胖——肚子挺拔。
人生苦短,
满路坑洼;
蹒跚走来,

苦乐年华!

敬爱的领导、
亲爱的老大:
设身处地想着大家,
绞尽脑汁琢磨办法。
教授称谓身外物,
知识分子喜欢它;
教职员工争上游,
数钱不怕手指麻;
年轻干部重培养,
摘帽压担扶一把;
解放思想大胆闯,
改革创新不设卡;
平易近人处朋友,
坚持原则教方法。

敬爱的老师、
亲爱的大家:
我们也要换个思路,
我们更应换种活法。
不纠结、不发傻,
不埋怨、不讨价,
不生气、不找碴,
不折腾、不吵架。
双方老人健康长寿,
经常孝敬爸和妈。
兄弟姐妹互帮互助,
一方有难送钱花。
妯娌担挑和睦相处,
情感投入会报答。
儿子女儿事业有成,
善良孝顺赢天下。
老公老婆锻炼身心,

精神抖擞人人夸。
同事朋友关心关照，
心胸开阔显优雅。
全校你我责任不同，
贡献超凡顶呱呱。

追求生活、高尚享乐，
心中真情常抒发；
无欲则刚、知足常乐，
过程陶醉心无暇；
调整心态、自得其乐，
生活质量不会差；
广交朋友、助人为乐，
同事进步祝贺他。

苦也一天甘也一天，
事情看淡不尴尬；
愁也一天乐也一天，
人生看远就豁达。

看看大家满脸的笑容，
幸福气息已传达；
看看大家勤劳的双手，
拍拍巴掌不刷卡！

一年工作忙碌，
自始至终得到支持容纳，
今日深切鞠躬，
真心实意感谢各位大家！

注：2012年年底北京物资学院组织教职工演出活动，笔者应工会要求撰写，未用。

傻傻地享受着幸福

（2015 年 9 月 13 日）

　　有一种感动是惦记，有一种甜蜜是祝福，有一种温暖是帮助。谢谢大家的惦记、祝福和帮助！在庆祝教师节的日子里，我有一种傻傻的幸福感，在大学里享受着教师节的祝福快乐！

其实现实的我，
虽在学校工作多年，
却永远不会成为真正的老师；
虽在学校领导岗位，
却永远不会得到优秀教育工作者的称号；
虽已工作四十多年，
却永远不会获得从教三十年教职工的表彰。
然而，不能成为老师，
可以永远当学生；
不能得到称号，
可以永远默默无闻地工作；
不能受到表彰，
可以永远为他人穿嫁衣裳。

你来，或者不来，
餐饮就在那里，
不冷不热；
你想，或者不想，
水电就在那里，
不离不弃；
你知，或者不知，
治安就在那里，
不怨不恨；

你见，或者不见，
楼宇就在那里，
不言不语；
你爱，或者不爱，
图书就在那里，
不舍不腻。
因为，不可或缺，
所以，价值所在。

在普通的岗位上，
愿同普天下的老师一起，
乐意奉献，
践行真善美。
真，是一种品德。
让人见贤思齐，
求真务实；
善，是一种举动。
让人独善其身，
兼济天下；
美，是一种感受。
让人心花怒放，
心旷神怡。

愿将真的品德，
通过善的举动，
传递美的感受。

注：2015年9月10日教师节前后，与往常一样获得亲朋好友的节日祝贺。与此同时，学校举行的庆祝第31个教师节座谈会上，许多教职员工获得了各种奖励，笔者有感而发。

淘　汰

被领导淘汰

领导说，组织

被组织淘汰

组织说，体制

被体制淘汰

体制说，时代

终究，被时代淘汰

即便有

太多的激情澎湃

即便有

太多的思路展开

即便有

太多的群众期待

无奈

被狭隘的关系排外

被骄横的官场慢待

终于

被污染的时代淘汰

历史不能更改

现实不可徘徊

夜深人静时都会释怀

物是人非后却难记载

注：2011年上半年，时任北京物资学院党委书记刘木春同志与笔者进行了一次关于人生方面的谈话，遂撰写这首小诗，以此纪念。

七 绝·过来人

（2017 年 8 月 6 日）

清晨踊跃挎刀枪，
翌夜披花论短长。
不解风情愁也罢，
艰辛历尽笑沧桑。

注：《鸟不知名声自呼——王志鸣诗词散文集》初稿编辑完毕之后，回忆过往，现年逾六旬，工作时间也四十有二。是怎样的情形和状态呢？早晨起床，浮想联翩。随手拿了本书，心不在焉地翻阅，突然一种感怀涌上心头，捋了捋心绪，写下了这首小诗，也是自己的工作经历和心路历程的写照吧。"要知山下事，请问过来人。"小诗不多注解，请了解笔者的阅读者揣摩，一定更有味道。

思凡叙情不幽禁

浣溪沙①·深院春晖

（2014 年 4 月 9 日）

院落楼旁春色深，
荫帘壁挂影沉沉。
出屋入堂未闻琴②。

久坐聆听将垂暮，
短期修炼度光阴。
思凡叙情不幽禁③。

---

① 欣赏李清照的《浣溪沙》词："小院闲窗春色深，垂帘未卷影沉沉。倚楼无语理瑶琴。远岫出山催薄暮，细风吹雨弄轻阴。梨花欲谢恐难禁。"步其原韵，和词一首。

② 未闻琴：庭院深深，荫影沉沉，淑女绅士，出屋入堂，琅琅书声，未闻琴声。一派学习的好景象。

③ 思凡叙情不幽禁：思凡指佛、道以人世为凡尘，故称神仙或僧道思慕世俗生活。叙情即有抒情的含义。幽禁，限制、束缚。出门生活、小酒抒情不受限制和束缚。

钗头凤·恶之源

（2014 年 5 月 16 日）

贪婪诟①，
人间透②，
欲求无度终将露。
钱为恶，
酿成祸，
囚衣遮体，
罪该牢坐。
错！错！错！

偷欢觑③，
人如兽，
惹花拈草皆为咒④。
闲情堕，
常挥霍，
寻租权贵，
自由遗落。
过！过！过！

---

① 贪婪诟：贪婪遭人诟病。
② 人间透：人世间是很透明的，若要人不知，除非己莫为。
③ 偷欢觑：偷情欢愉总会被人发现、遇见。觑：遇见。
④ 咒：诅咒、咒骂、咒罚。

忆秦娥·聆听董小君教授课程有感

（2014 年 5 月 12 日）

话乾坤，
经纶满腹董小君。
董小君，
激昂慷慨，
大展鹏鲲。

全球金融抓银根，
国家社稷呈咨询。
呈咨询，
昼思财政，
夜想军魂。

注：在北京市委党校聆听了国家行政学院经济学教研室副主任、博士生导师董小君教授的专题讲座，她用自己的研究成果讲述和印证金融危机、金融风险等金融和国家战略问题，向国务院提交了包括财政、军事等一系列咨询报告，令人肃然起敬。

参观亦庄印象

（2014 年 5 月 15 日）

两车学员去亦庄，
步入展厅挤中央。
映入眼帘液晶屏，
大大小小挂满墙。
正常需求早上市，
高端产品将分享。
超大尺寸中国芯，
填补空白谱新章。
色彩鲜艳还原好，
正观侧望一个样。
车前视频俩节目，
我看新闻你导航。
广告饰品可变换，
橱窗玻璃玄机藏。
银行挂屏能变脸，
镜面不仅看衣裳。
四千二百八十二，
一年专利震四方。
选址规划抓建设，
十又八月就开张。
投入不足三百亿，
两年回本入账房。
当前代线八点五，
未来属于京东方。

奔驰汽车真漂亮，
红黑蓝白无绿黄。

四驱三百 GLK，
豪华越野挑高舱。
C 系 E 系挺时尚，
小巧高档有加长。
价格三十到七十，
内饰精致很宽敞。
流水线上分工区，
自动安装人不忙。
专业技术看不见，
管理水平该获奖。
打开车门试一试，
爱不释手开了腔。
买车容易摇号难，
爱车何时入洞房。
今日预祝参观者，
明日买车号摇上。

驱车走进湖水旁，
牌楼矗立迎四方。
郊野公园南海子，
历史五朝曾风光。
不幸染上城市病，
垃圾人多简易房。
一声令下抓治理，
三个北京响叮当。
皇家文化为底蕴，
自然休闲是大纲。
湿地资源呈优势，
五大特色展辉煌。
工委管委巧安排，
班长领导热心肠。
展厅介绍刚完毕，
引入圆形主会场。
甜瓜香瓜哈密瓜，

早已切好桌上放。
冰棍热茶任选择，
凉热混搭进肚囊。
冰棍吃完再吃瓜，
依然难掩脆甜香。
农副产品搞经营，
农民生活喜洋洋。

改革春风吹大地，
发展迅猛不可挡。
北京建设大手笔，
首都形象留芬芳。

往返总共半天长，
走马观花有遗忘。
参观印象很深刻，
当日活动心欢畅。

注：在北京市委党校学习期间，参观亦庄时走马观花的印象纪实。

榆垡镇见闻

（2014 年 5 月 22 日）

新农村，新面貌，
镇里村村阳光道。
用能人，懂技巧，
村里家家收成好。
抓特色，讲成效，
家里人人开口笑。

促发展，须动脑，
领导班子要求高。
杨书记，是依靠，
结合实际发号角。
一带头，十户包，
党员引领往前跑。
二比较，设目标，
致富和谐不可少。
三落实，有一套，
承诺监督评好孬。
为未来，选材料，
择优定向无干扰。
双培养，育好苗，
扎实推进不粗糙。
新形势，做向导，
中央提倡可仿效。

求贤村，想高招，
昔日穷村丰年兆。
谋思路，多探讨，

因地制宜变娇娆。
路两旁，树林茂，
有机果品包外销。
新机制，开了窍，
果农收成逐年高。
村支书，是个宝，
全村老少离不了。

新机场，规划早，
一心三区三带绕。
榆垡镇，挺自豪，
京南门户掀新潮。
搞服务，抓配套，
未来发展逞英豪。
京津冀，筑新巢，
一体建设尽逍遥。

注：在北京市委党校学习期间，参观践学北京市大兴区榆垡镇的所见所闻纪实。

"红嫂"精神①

——听王换于孙女的报告有感

（2014年5月28日）

红嫂，红嫂，
英雄的代表。
襁褓，襁褓②，
革命的独苗。
乳少，乳少③，
生命的需要。
架桥，架桥④，
水中的娇娆。
沂蒙山，出英豪，
女性群体威望高。
六姐妹，十红嫂，
革命意志不动摇。
准妈妈，老姥姥⑤，
奉献一生是骄傲。

① "红嫂"精神是指在革命斗争年代里沂蒙老区人民无私奉献、艰苦奋斗、爱党爱军的崇高品格和精神。
② 襁褓：八路军将十几个孩子送到村里，分散在各家各户，有的两三岁，有的刚出生不久。"红嫂"为了保住革命的独苗，给自己的孩子断了奶。
③ 乳少："红嫂"用自己的乳汁救治八路军抗日伤病员，这一感人事迹乃永远震撼中华民族灵魂的千古一叹、人类战争史上惊世骇俗的绝唱。
④ 架桥：战争年代，"红嫂"们跳进水中用自己的身躯为八路军架起桥梁。
⑤ 准妈妈，老姥姥：战争年代的年轻女性，有的还没有当上妈妈，却在抚养八路军的婴儿，现在已经成为高龄的姥姥了。

参观留言

山东沂蒙，
革命圣地。
人民英雄，
可歌可泣。
以弱胜强，
创造奇迹。
沂蒙精神，
永存不移。

军民之情，
感动天地。
党群关系，
胜利根基。
光荣传统，
现实意义。
深刻体会，
源远生息。

注：2014 年 5 月 28 日参观沂蒙革命纪念馆后，带队负责人让笔者代表班级留言，笔者当即写下了 16 句文字。

取　经（外三首）

（2011 年 10 月 21 日）

雾气弥漫早出征，
五个时辰未离京。
稳坐车中不急躁，
思绪飘游已远行。
马列工程要建设，
两课教育须取经。
集思广益求发展，
献计交锋无输赢。

军中现象

城乡子弟入军营，
高中文化普通兵。
两年锤炼不含糊，
政治坚定打得赢。
分析研究此现象，
要求进步纪律明。
灌输理论学哲学，
人人欢喜社会惊！

注：2011 年 10 月 21 日，与北京物资学院思政部的教师们一起去河南师范大学考察。在前往的路上，共同探讨思政教育的相关问题，氛围十分热烈。笔者在车内随即又写下了《军中现象》《一路行程》《超脱从容》三篇。

注：军队战士大都是初中生和高中生，为什么他们经过军队的洗礼，思想进步大，政治觉悟高呢？为此笔者写下《军中现象》略微做一分析。

一路行程

乘车远行，
新乡取经。
晨起出门，
午时在京。
穿街走巷，
尚未出城。
京石路堵，
京昆绕行。
四男五女，
精神淡定。
睡姿卧式局限，
言谈笑语细声。
同事集聚一起，
车里犹如家庭。
饿了，
沙琪玛妙芙——腹部填平；
淡了，
袖珍肠榨菜——刺激神经；
渴了，
矿泉水热茶——滋润心情。
一路养神，
一路歌鸣。
行唐午餐，
师大宿营。
吃肉喝酒，
诚挚热情。
夜晚座谈，
获取真经。
苦中有乐，
不虚此行。

超脱从容

夕阳西下火样红，
一马平川显心胸。
两路飞架穿南北，
快车你我行此中。
雾去云起罩大地，
人走事留弃苍穹。
兵身在外不受命，
潇洒超脱最从容。

注：2011年10月21日在去往新乡的路上，接到电话，有急事。按照"将在外，君命有所不受"的原则，建议他们另辟路径，此其间不过问事情缘由，更不做主。

初访万全之师生印象

早起乘车去万全，
中午师生共聚餐。
身旁坐着资助生，
边吃边聊叙情缘。
瑾琪弟弟三胞胎，
七岁恰至入学前。
父母经营小商铺，
六口之家太艰难。

中学门前正衣衫，
师生合影肩并肩。
刚见一面即分手，
心中多少有不甘。
学生渐远勤挥手，
心迹难表未寒暄。
联络电话都留下，
见证情怀待来年。

梁氏校长五十三，
驱车带路奔向前。
小学坐落高庙堡，
基本设施挺寒酸。
号称也有微机房，
主机未启课时完。
还有一间电教室，
班级排队心情烦。

教师队伍实不瞒，
年大病多缺圣贤。

希望老师说句话，
交头接耳没敢言。
教程教案动手写，
期盼电脑吐诗篇。
书记校长遂表态，
话音未落掌声传。

学生背手坐两边，
桌上小吃惹人馋。
孩子各个真可爱，
家庭各个不堪言。
送给学生小书包，
礼轻意重一线牵。
好好学习促成长，
学业有成好梦圆。

注：万全县是河北省贫困县之一。多年来，北京物资学院的教职工，尤其是杨洪璋老师作为学校支持和帮助万全县中学的牵头人，在全校上下的努力下，积极提供一些基本设施，为该中学所有困难学生的学习和生活提供必要的捐助。2015 年 7 月 18 日，在北京物资学院校领导集体前往河北省万全县中学调研时，现场感受，随笔记录。

感受交通

G6 堵，G7 堵，
沙城国道路难行。
小车绕，客车绕，
挂斗货车鸣不平。
警察检查路政闲，
收费站前话不明。
摩托带路要三百，
搭车领路靠人情。
村村小道设限高，
户户门前没路形。
银柱师傅嘴甜，
世波锋利腿轻。
车上眉开眼笑，
车下砍价找零。
该吃的吃，该睡的睡，
该说的说，该评的评。
刚进延庆县，
绕行窑家营。
蓝天白云同情，
青山绿树受惊。
东绕西拐疑无路，
前行后倒终返京。
心境平和，
心静如冰。
步步为营，
人人安宁。

注：2015 年 7 月 18 日从万全县返回北京的路上，感受到交通怪象，真实笔录。

西江月·悟　道①

绿荫阳光相伴，
微风大雨兼行。
井冈精神②真鲜明，
星火燎原如梦③。

道路抉择生死，
人民定夺输赢。
主席思想显神灵，
万里鹏程听令④。

---

① 2017 年 7 月 19—23 日到井冈山革命老区参加培训，听专题讲座、看领袖旧居、走挑粮小道、悟成功道理，全面理解了井冈山精神，深刻领会了道路抉择生死、人民定夺输赢的实践道理。
② 井冈精神：坚定执着追理想、实事求是闯新路、艰苦奋斗攻难关、依靠群众求胜利。
③ 如梦：谁能相信八百将士成功在即，像梦幻一般。
④ 听令：双关语。无论当初毛主席，还是今日习主席，思想高远，布局全面，深得人心，国家和人民要鹏程万里，须听党的指挥和召唤。

春水不识外来客

英伦培训侧记

（五字言）

（2011 年 8 月 18—19 日起草）

教授站台前，领导坐对面。学员侧着身，整齐排两边。
笔本加电脑，诚心取经验。时差还未倒，咖啡提眼帘。
电脑忙录入，油笔不知眠。照相又摄影，唯恐留遗憾。

教师很努力，表达不嫌烦。外文加手势，投影图文现。
简介桌上摆，幽默不间断。学员仍未懂，译者句句翻。
一天换四人，男女有青年。面孔都洋气，名字记住难。
团友需交流，术语连特点。聆听女声小，保罗经常见。
说书卖书者，特点最明显。外部和内在，理论与实践。
世界分两个，互动密相联。法国帅小伙，两课无争端。
靓妹要上课，讨论放在前。院长做报告，着实有经验。
思路很清晰，数据在嘴边。可惜仅一课，大家都喜欢。

课讲到中间，问题一大串。你问我来答，都嫌时间短。
解惑还没完，必须把课念。此讲刚结束，提问不得闲。
时间已超过，只好被打断。吃饭兼讨论，声小也非凡。
残羹送上架，出门忙抽烟。如果不抓紧，两样做不完。

每次开课前，团长先接见。翻译介绍后，相互要寒暄。
虽然话不多，斟酌不能免。言语很得体，代表培训班。
班长少露面，忙里也偷闲。提问显智慧，题小一二三。
私下出主意，关照各团员。艺术院领导，专业偶显现。
有时吃小灶，单独去参观。职校仨领导，表现也不凡。
疑问很尖锐，不答不算完。纪委书记们，问题不简单。
这边很宏观，那边挺边缘。书记和校长，提问总靠前。

战略思维好，看得就是远。英语水平高，课下凑身边。
团员很积极，提问很全面。有时很敏锐，刀里裹着绵。

还有几个人，行为有特点。盛伟管摄像，机器不停闲。
别人在听课，他要到处转。自己镜头少，从来不多言。
团友帮留影，否则很遗憾。海宁是会员，照相非一般。
团员每个人，镜内全包含。美景已定格，回国再展现。
江英做记录，笔头连轴转。精神不溜号，句句记在案。
白日忙一天，晚上写文献。龚裕抓联络，大家看不见。
此行安排巧，功劳藏后面。三位小兄弟，均属大机关。
脑筋反应快，腿脚更不慢。英语记得牢，有求就出现。
工作很努力，处处跑在前。还有两个宝，大家围着转。
宝力和玉宝，夜间摆酒宴。一个陪小酌，一个陪时间。
美酒加咖啡，都在杯里边。感情需交流，脑子应休闲。

坐下仔细想，几点应借鉴。政府不插手，大学说了算。
学校董事会，主要抓宏观。强调自主权，民主处处见。
具体业务事，学院来把关。教育要改革，注重抓规范。
分析大趋势，进程遂实践。探索国际化，占领话语权。
大学重排名，不断求发展。质量上不去，经费往下减。
高校需评估，专门有机关。检查各学校，独立行使权。
处事不贿赂，信誉很值钱。高教统计署，统一建网站。
服务大众群，信息免费看。索取机要件，顶层收费观。
大学有联盟，整合必有缘。存在就合理，内涵很深远。

学生抓学习，能力最关键。学业很灵活，语言关口严。
本科导师制，精英学三年。考试评成绩，论文见思辨。
学习重兴趣，专业可以选。毕业薪金高，学校就好办。

教师求开拓，责任放心间。引导本科生，讨论成自然。
学者搞研究，内容很全面。各自凭兴趣，方向窄而专。
教授工资高，年薪二十万。资深想跳槽，学校很为难。

英国好大学，校史八百年。教学与管理，经验靠积淀。

此次培训班，也有小缺点。面上表达多，深入还很远。
语言是个坎，听课费时间。翻译能力强，连贯受局限。

课程连五天，时差已转换。多次去拜访，日程还算满。
每次送礼物，团长巧周旋。丝绢和丝巾，印章与绣匾。
漆盘青花瓷，领带及画卷。今日送好礼，明天呈大件。
礼品争出手，包里腾空间。礼品带得多，走前没发完。

这个培训班，组建二十天。人人守纪律，相互很和善。
团员二十二，各个是模范。一人有困难，全体都支援。
许多新鲜事，私下在相传。如果有机会，坐下说半年。
大家都很忙，今天就一段。谢谢聆听者，不妥多包涵。

注：2011 年 8 月 7—27 日参加北京领导干部赴英教育管理培训团为期 3 周的学习、培训和考察。即将结束前，培训团领导要求编辑一个汇报幻灯片，编导建议写一首诗开头（后选了笔者的另一首词）。此篇选入北京印刷学院宋海宁主编的《彼岸》画册用作代序。

沁园春·学　业

跨越时空，

脚踏英伦，

昼夜换班。

住学生公寓，

各自一间。

西服革履，

信步街边。

本站不含，

前行二三，

跟随安迪莫等闲①。

伦敦城，

闻骚乱②急情，

家中电繁。

似睡非睡难眠，

呈双语交替飞笔端。

学聆听心声③，

虚拟论坛④；

知识重置⑤，

---

①　2011年8月8—12日（周一—周五）在伦敦大学教育学院培训。住在伦敦学生中心公寓，每天从公寓步行到地铁站，乘地铁前往培训地点。22人西服革履地集体信步穿行，也成为一景。安迪，培训团在英国聘任的翻译。

②　骚乱：2011年8月英国首都伦敦发生了一系列社会骚乱事件，包括寻衅滋事、盗窃、纵火、抢劫财物、破坏公私财产和建筑等违法犯罪行为。

③　聆听心声：研究者提出要注意聆听学生的心声，深刻了解学生声音背后的价值观，帮助学生坚定自信心，提高做困难决定的能力。

④　虚拟论坛：英国探索在新条件下老方法和新技术的混合学习方式，有时要面对面教学，有时通过虚拟学习环境教学，两者充分结合。

⑤　知识重置：提出知识重建和知识重置的理论，要求把实践知识的环节前移或渗透在理论知识的教学之中。

内外关联①。
课间语喧，
手持香杯，
教育管理比媸妍②。
结业时，
趁双手捧证，
镁光闪闪。

---

① 内外关联：研究者强调知识分为两个世界，一个是社会结构，另一个是思想上和理念上的结构，即抽象的知识概念。教师和学生要反思教与学的方法论，把知识相对独立的第一世界和第二世界结合起来，把学科的理论知识和社会的实践知识结合起来。

② 媸妍：美丑、好坏、高下。媸，相貌丑陋，与妍相对。

沁园春·聚 会

异国他乡，
夜色降临，
摆设酒宴。
见争先恐后，
主动埋单；
绅士武将，
把酒笑谈。
难说美味，
榨菜坚果，
胜似大宴开心颜。
聚会者，
集各自小吃，
嬉笑酒干。

书记校长组团，
有兄弟组长绕身边。
话各位学友，
侠义行善；
糗事笑料，
私下相传。
团长靠前，
班长迎后，
老哥大姐是中坚。
同学们，
愿情谊久长，
蔓延致远。

注：2011年8月17日作于去往苏格兰第一村的车内。团员们想家了，主动聚在一起，把各自从国内带的小吃、白酒等物品拿出来聚餐，有的在商店买东西，争相埋单。小小聚会，增进了团员们的感情。

水调歌头·访牛津^①

日丽游康桥，

雨雾访牛津^②。

跨越时空寻迹，

莫测识高深^③。

古楼塔高入云，

老藤枝新攀壁^④，

名友总贴金^⑤。

慎出科学家，

涌现首相身^⑥。

阅书刊，

交文卷，

辩舌唇^⑦。

导师严格造就，

学子永知恩。

天下群英遍布，

---

① 2011年8月24日上午和25日上午，在牛津大学潘布鲁克学院访学，听取牛津大学情况介绍，参加问答讨论会，回味无穷。此篇为英国培训回国后于2011年9月13日晚上在北京物资学院宿舍所作。

② 日丽游康桥，雨雾访牛津：8月14日参观剑桥时风和日丽。康桥，今通译为剑桥，英格兰的一个城市，靠近康河（剑河），是英国著名的剑桥大学所在地。24日访学牛津时雨雾连绵。

③ 跨越时空寻迹，莫测识高深：不顾昼夜颠倒的时差，前来寻觅牛津大学的真迹，想见识一下它的高深莫测。

④ 古楼塔高入云，老藤枝新攀壁：牛津大学最早成立于1167年，是英语世界中最古老的大学，却不断研究探索新经济条件下的教学改革，科研追求顶天立地。犹如古楼塔高入云端，老藤新芽攀新墙。

⑤ 名友总贴金：牛津大学培养出来的知名校友，大把大把地为学校捐款。

⑥ 慎出科学家，涌现首相身：牛津培养了27位英国首相，64位诺贝尔奖得主。但是与剑桥出现的牛顿、达尔文等科学巨匠和培根、凯恩斯等文史学者以及弥尔顿、拜伦等艺术大师，92位诺贝尔奖获得者、8位英国首相相比，用"涌现"更觉自豪，"慎出"更显谦逊。

⑦ 阅书刊，交文卷，辩舌唇：导师制要求，每周阅读一两本书籍、上交一份论文、进行一次答辩。不仅培养了阅读、学习、思考能力，而且锻炼了文字和语言表达能力。

天上星辰掩面①，

孰能定乾坤？

墙外听声誉，

院内见灵魂②。

① 天下群英遍布，天上星辰掩面：牛津涌现出一批引领时代的科学巨匠、大量开创纪元的艺术大师以及国家元首，还有数十位世界各国的元首和政商界领袖。数量多得连满天的星辰都自愧不如，含羞掩面。

② 墙外听声誉，院内见灵魂：未走进牛津大学，听到的只是对它赞誉的皮毛；真正深入牛津大学的内部，方能感受牛津大学的灵魂所在。

剑桥掠影[①]

观者多色，
游人少语。
迎面擦肩，
儒雅礼仪。
未入剑桥，
约束自己。

古老学府圣地，
接见现代气息。
抚摸一下斑驳沧桑的古墙肤肌，
倾听一句永恒不变的古钟梦呓，
触，震撼灵魂，
诉，融化肌体。
静时犹若时空，
动时恰似世纪。

独自坐在草坪上，
思想渗透脑海里。
听得到自己的心跳，
听不到嘈杂的喧语。
墙外有棵苹果树，
苹果自由成落体。
幸好未打在平凡的大众头上，
只会出现招摇过市的国骂语系；

[①] 2011年8月14日重点拜访了剑桥大学31所学院中的3所，即国王学院、圣三一学院和约翰学院。此篇为返程去历史名城——约克的路上于车内所作。

恰巧就砸在聪明的牛顿头上，

才能导致名垂千古的万有引力。

怀疑者夜拆数学桥①，

凌晨胡乱铁钉安装失去工艺；

徐志摩的梦幻康桥，

三十一所学院只有碑文几笔。

不能复制的历史，

难以寻觅的足迹；

长久积淀的文化，

写就剑桥的奇迹。

国王学院国王设计最雄伟，

学院内的国王礼拜堂，

已成为剑桥学府的门第②。

圣约翰学院的吃住最昂贵，

"到圣约翰不如去牛津③"，

却成为贵族子弟的芥蒂。

三一学院宗教色彩最浓郁，

圣父圣子圣灵合为一④。

真成为信徒敬拜的圣地。

开放学院甚少迎接师生门第，

浓缩教育精华难解真谛奥秘⑤。

---

① 数学桥：又名牛顿桥。相传这是大数学家牛顿在剑桥教书时亲自设计并建造的一座桥，位于剑河上。这座桥的最大特色在于它的工法全靠几何原理设计支撑，未用一根钉子。调皮的学生想了解真伪，夜拆数学桥，可天明前见已无法安装拼回，只好用钉子将桥钉起来。学校知道后，虽然没有批评学生的好奇心，但却失去了该桥建筑设计的工艺。

② 剑桥学府的门第：门第指显贵之家。1444 年亨利六世亲自设计、耗时百余年建成的具有历史传承和宏伟优美的国王学院礼拜堂已成为剑桥大学显著的地标建筑。当时没有钢筋混凝土和钢结构材料与工艺，也没有完整的建筑施工图的结构体系，更没有三维、四维的表达方式。它以石材工艺诠释设计者的理念和建设者的工艺，尤其扇贝般的穹顶，更是令人叫绝。

③ 到圣约翰不如去牛津：当时剑桥校园里流传着一首儿歌："我宁愿到牛津也不要到圣约翰"（I'd rather be at Oxford than at Johns），以此取笑该学院的贵族氛围。

④ 圣父圣子圣灵合为一：圣三一学院是由英国国王亨利八世于 1546 年所建，前身是 1324 年建立的迈克尔学院和 1317 年建立的国王学院。"圣三一"是圣父、圣子、圣灵三位一体的基督教神学的含义。

⑤ 开放学院甚少……难解真谛奥秘：剑桥大学对外开放的学院不多，有时还关闭。开放的学院也是按照参观旅游的方式走马观花，很难了解其真谛奥秘。

高大神秘的殿堂，
身藏古老的记忆。
婀娜多姿的花红叶绿，
裹挟着柔软鲜活的苔衣；
威武庄严的木刻石雕，
簇拥着坚实古板的霸气。
俯冲的高傲的尖顶石壁，
定格了八百年的气节威仪；
仰视的低微的人间信徒，
实现了一生中的涅槃圆寂。

蓝天衬着白云飘移，
白云拽着微风写意，
微风喊着细雨洗礼，
细雨拍着石板哭泣。

蜿蜒曲直的青石驿道，
隐约了清脆的声碎马蹄；
透过深邃的古墙老城，
忧伤了沉没的商贾迁离。

古老斑驳的墙壁，
已见老妪衰妇的态体；
驮载负重的岛屿，
呈现萧条败落的痕迹；
高槛深宅的华丽，
难掩遗失香魂的花季。
千年风雨的荡涤，
万众人群的侵袭，
迎不来永恒的富裕，
挡不住最终的失利。
那一天惊世凄惨的预言，
那一刻警世凄婉的寓意，

是否挣扎地撞击心肺，
是否痛苦地捶打胸肌？
但愿，但愿，
远离，远离①！

---

① 远离：剑桥大学虽开放学院有限，由于千年风雨的洗礼和人山人海的观摩，已见多年失修的斑驳墙壁和驮载负重的痕迹。何时能够远离世俗眼光，彰显学府高贵呢？

彩墨勾画英伦①

法桐是笔
岛屿为砚
细雨磨墨
草坪布宣

浓墨　厚积薄发
悬笔　思绪万千
布局　气宇轩昂
展纸　卧薪尝胆

藏锋伦敦　飞白剑桥
透视牛津　白描学院
蘸墨下笔　墨走笔端
浓彩写实
勾几笔教堂透明画卷
墨色写意
画两道古楼模糊屋尖

大本钟添一点黄坐落桥边
美术馆上少许墨突出飞檐
魂断蓝桥加黑变灰湮没情缘
白金汉宫用色点缀剔刻悬念②
宫里雕梁横宇
堂内画栋入天

---

① 2011 年 8 月 15 日作于英国米德尔斯堡通往北海行进中的车内。

② 大本钟：现称为伊丽莎白塔或威斯敏斯特钟塔，旧称大本钟。远望其外观呈黄色，坐落在英国伦敦泰晤士河畔。美术馆：即英国国家美术馆，位于伦敦市中心特拉法加广场的正北方向。凸凹有致的外墙，在煦煦阳光照耀下，暗处像是涂抹了墨色而突显飞檐。魂断蓝桥：我们从电影《魂断蓝桥》中看到的蓝桥，早已失去原有的光芒，现已用水泥改造加固，湮没了我们脑海中那固有的情缘。白金汉宫：远远望去，像用金银亮色勾勒的伟岸建筑，旗杆上悬挂着英国王旗，便知道女王在皇宫居住。如果旗杆上飘扬着英国国旗，即为女王已外出。

灰白石壁似复古
青红泥瓦入眼帘
拱桥长堤矜持内敛
宫堂屋顶张扬舒展

高楼掩身后
别墅摆路面
清湖藏深处
沧海环周边
家家幽居
户户流泉
夜夜星辰
天天雨连
山不高少山
泉不大多泉

湖边淡墨溪水清
树影曳鱼欢
天鹅亭亭玉立
二郎腿巧搭羽毛间①
公园重墨绿色浓
雨雾洗叶片
松鼠跃跃欲试
大尾巴甩动过客怜②

室外鲜花低挂
屋内名画高悬
穿街走巷悠闲
喝酒吃饭简单

---

① 二郎腿巧搭羽毛间：湖中天鹅亭亭玉立，走近便看到它的一只腿抬起搭在羽毛中间。
② 大尾巴甩动过客怜：公园的松鼠在行人面前晃动着大尾巴，翘首以盼，其神态像是等待客人的施舍，好不可怜。

出门百战归来
溅上尘器大地数道鲜红
金发白鬓腰缠万贯
回家千金散尽
撒下弹丸之地遍布银黄
蓝天黑土宫堂一面

苍天刻意的眷顾
生灵难解的深怨
透过繁华的景象
显露败落的渊源

再泼半桶墨
成就这一幅写意画卷
恍如历史印迹落纸宣
再抹一罐彩
绘就这一幅写实画卷
犹如现实真相立可观

雨中乐①

王子街巷逢雨季，
出门入户踮脚急②。
遇路即行影渐少③，
钱随物流囊中稀。
春水不识外来客，
尚未出手沾湿衣。
当夜寻店闲沽酒，
推杯换盏共促膝。

---

① 2011 年 8 月 16 日下午冒雨前往皇家—英里和王子街，利用学习间隙购物。此诗为 2011 年 8 月 18 日在去
曼彻斯特路上的车内所作。

② 出门入户踮脚急：在不同的商店间走家串户，因街道积水，需要踮脚跑跳。

③ 遇路即行影渐少：环境不熟，恰遇雨天。接近傍晚，见路就走，街道的人影也越来越少。

购物感言①

这是一种不可思议的表达
这是一种难以揣摩的意会
这是一种无比冲动的激情
这是一种展示欲望的行为

有物有品
无错无畏
有情有义
无怨无悔

抓一堆降价皮鞋
心花怒放
挑一摞羊绒围巾
满载而归
试一批合体外衣
尽收囊中
选一个名包——LV②
价值名贵

拎着鞋盒纸袋返回
占领包中地位
算着选物送人数量
试想平安而归

钱不花光难受
包不装满后悔
钱为包中纸币

---

① 2011年8月15日与16日利用学习间隙，忙里偷闲前往购物。17日前往温德米尔湖路上的车内作此。
② LV：路易威登品牌，LV为 Louis Vuitton 的缩写。

爱置心中高位

物有所值
号称实惠
出手不凡
难言贱贵①

虽是物质的选购
却是精神的抚慰
虽是费神的时段
却是享受的机会

———————————

① 难言贱贵：买得多，不见得用上，平均下来还会便宜吗？

啊，德国与瑞士[①]

飞机落地极目处
雨雪交加拉夜幕
路旁商铺打烊
楼边豪车入库
古老城市新风貌
圣诞灯火早密布
小镇空巷静谧
夜晚人流稀疏
宾馆小巧真干净
设施简单好舒服
半夜尿急入厕
整晚电信追逐
早饭牛奶香肠面包
正餐六菜一汤稻谷
携带白酒小吃
睡前喝上一壶

车流分道让行快速
人流红停绿过信步
偶闻警笛惊叫
闪开急停让路[②]
路德维希港坐落最大化工厂[③]

---

① 2012年12月10—15日带队到德国和瑞士访问，获得的信息量很大。在路德维希港应用技术大学的东亚学院访问，了解了德国教育的总体构建和体系；在巴登-符藤勒拉赫双元制大学访问，熟知了理论联系实际的操作典范。

② 偶闻警笛惊叫，闪开急停让路：这是偶遇的一件事。我们乘车行驶在路上，突然听到急促的警笛声，还没有辨明警笛方位，但见我们车前的所有车辆迅速见缝插针地往两边躲闪停靠，让出中间很宽的道路，警车飞啸而过，我们被惊呆了。这在国内是不可思议的。我们决心回国做表率。

③ 路德维希港坐落最大化工厂：路德维希港是德国西南部莱茵兰普法尔茨州的第二大城市，坐落在莱茵河左岸，与巴登-符腾堡州的曼海姆隔江相对，更因为有德国最大的化工企业巴斯夫而闻名。

海德堡大学身为德意志鼻祖①

前往东亚学院②交流

河旁单体独楼不俗

英语数学必过

两组师生接触

三年专业知识学习

一年派往中日国度

严格毕业考试

百分之十认输

坐落莱茵河畔年轻自傲

对面曼海姆市熟视无睹

德国各种福利显著

人民生活悠闲幸福

医疗国家负担

住房永久居住

百姓购车过分便宜

名人选车分类为伍

小学四年学制

中学三级收录

高级八年直入大学

低级五年社会受辱

中级可上技校

再入高校学府③

现实德国今不如昔

当下中国备受瞩目

可惜

---

① 海德堡大学身为德意志鼻祖：鲁普莱希特-卡尔海德堡大学，简称海德堡大学，建于1386年，是德国最古老的大学。截至2016年共有31位诺贝尔奖获得者和18位莱布尼兹奖得主，大学排名位居德国第一位，世界第37位。

② 东亚学院：位于莱茵河边，独立的一栋楼宇，不高不大，学生只在学院上课，不负责吃住。每年全世界招生40人左右，宁缺毋滥，条件很严，毕业时淘汰率很高。

③ 德国的学制：小学学制4年，之后分低级、中级和高级中学，低级学制5年、中级学制7年、高级学制8年（原9年）。高级中学的学生毕业可以直接上大学；中级中学的学生毕业可以上职业技术学校，再毕业可以上大学；低级中学出来的，直接到社会求职，被社会看不起。

德国学子不背公式

思想开放灵活不数数

中国人工做事草率

具体工作马虎瞎对付

庆幸

中国学子牢记公式

基础知识扎实令人服

德国劳工严谨细致

精益求精制造不含糊①

按图索骥简单劳动出成绩

死记硬背耍小聪明惹人怒

认真分析探索创新理念

刻苦钻研寻求发展道路

改变现实劣根性差别

追求未来现代化前途

勒拉赫双元制大学一族

教授范儿知识腕儿随意示酷

晚宴盛情款待

佳肴美酒丰富

马丁校长温文尔雅

阿明教授和睦相处

唐逸德含蓄内敛

拜译轩儒雅风度

飞行帅哥笑容可掬

翻译美女准确无误

干白红浆烈酒

高汤鹿肉菜蔬

宴席气氛热情洋溢

语言交流水土不服

信息互动咨询

话题深刻严肃

---

① 德国和中国学生对比：德国学生思想开放，动手能力很强且一丝不苟。中国学生数学厉害，但死记硬背，动手能力弱。

时间观念极强

准时进行公务

马丁介绍大学如数家珍

阿明谈起物流胸有成竹

拜译轩积极补充

女翻译程娜陈述

负责信息人员一百一

管理图书人数一加五①

食堂窗明几净一尘不染

公寓设施齐全整洁无污

那年 12 月 12 日 12 时

与 12 名学子集体交流

那年 12 月 12 日 12 时

与 12 名学子盖饭食补

6 名交换生

中文自我介绍不标准

6 名交换生②

端碗送饭服务肯付出

走前合影留念

离别送去叮嘱

学习他人诚信、敬业

要求自己认真、刻苦③

导游陈荟带领一游

忙里偷闲瑞士一睹

卢塞恩的湖边被寒气侵袭

卢塞恩的市容被浮云遮住

---

① 勒拉赫双元制大学的教辅人员：信息管理人员达110多人，图书管理只有1名正式职员和5名退休返校上班的职员。可见重视程度之不同。

② 交换生：北京物资学院派到勒拉赫双元制大学的交换生有12名，勒拉赫双元制大学派到北京物资学院的交换生有 6 名。

③ 寄语：将12名学生集中后，结合与校方沟通交流得到的信息，提出要学习德国学生的诚信和敬业，对待来之不易的国外学习机会，要认真刻苦，不虚此行。

垂死狮像垂而不死
卡贝尔桥纯真实木
散步于苏黎世湖
留影在莱茵瀑布
返回德国联邦
又到法兰克福
满打满算六天时间
谢天谢地打道回府
再见德国瑞士
再见法兰克福

淡然隐含写诗梦

江城子·梦幻人生

少年无知愁满腔①。

脸羞黄，

心慌张②。

辗转游离，

知青穿军装。

弹指一挥三十载，

排艰难，

留沧桑。

同学好友坐身旁③。

笑声凝，

不开腔。

求解迷津，

望眼盼芬芳④。

时常追人入梦乡，

抿滋味，

不醒床⑤。

---

　　① 少年无知愁满腔：20 世纪 70 年代的学生时期，难解天下事，感到迷茫，不知自己的路在何方。倒不是"少年不知愁滋味，为赋新词强说愁"，却有"而今识尽愁滋味，却道天凉好个秋"的味道。

　　② 脸羞黄，心慌张：少年时代不敢当众说话，害羞、心慌。

　　③ 同学好友坐身旁：知命之年回乡，老同学、好朋友相聚围坐在饭桌前，要求揭秘历史爱情故事。

　　④ 笑声凝，不开腔。求解迷津，望眼盼芬芳：同学好友急迫求解，当事者只有保持微笑，不作答。心中吟诵着李白的《江夏送张丞》来回复："欲别心不忍，临行情更亲。酒倾无限月，客醉几重春。藉草依流水，攀花赠远人。送君从此去，回首泣迷津。"

　　⑤ 时常追人入梦乡，抿滋味，不醒床：一夜闹酒思绪万千，脑中浮现回忆画面，有许多清馨处，回味情景，不愿醒来。

鹊踏枝·惆　怅①

湖畔绕行独影配②。
夜色幽幽，
远处啼鸣媚。
傍晚闲情迷绿翠，
谁知惆怅依然坠。

伊人无音寻酒醉③。
添了新愁，
镜里朱颜悖④。
别离不惜相见愧，
眼羞游移还含泪⑤。

---

① 2014年5月27日党校学习期间组织到临沂培训，在临沂市中心的湖畔散步，心中惦记10月的下乡战友聚会落实情况。此时，王富民来电告知，两位女同学未有下落。回到宿舍，回忆当初下乡过往，感触颇深，当即填词一首抒怀。

② 湖畔绕行独影配：独自一人在湖畔散步，只有身影相随陪伴。

③ 伊人无音寻酒醉：伊人无音指两位下乡女知青，杳无音讯。此时此刻，笔者心想寻酒浇愁，一醉方休。

④ 添了新愁，镜里朱颜悖：仔细一想近40年了，相见还会相识吗？镜中的面孔与当年的美好容颜已相去甚远。朱颜，红润美好的容颜。悖，迷惑，违背之意。

⑤ 别离不惜相见愧，眼羞游移还含泪：当初分别的时候不知珍惜在一起的时光，怎解今日难相见的愧疚。设想如果见面的话，眼中一定还饱含当初的羞涩，不敢直视对方，却含有久别想念的泪水。

七　律·同学四十载感怀

杜景红　　王志鸣

同窗缘起梦中游，
把酒言欢岁月稠。
春夏秋冬读两载，
东西南北闯九州。
讯息点点传佳绩，
往事悠悠记心头。
鬓髶何须霜色染，
英姿别样竞风流。

注：高中同学杜景红在蓬莱一中七二级七班高中毕业 40 周年师生联谊会前赋诗一首。在此基础上进行了修改。

满江红·豪迈人生

似水流年，
曾记否、轻狂气冲。
光阴逝、花白鬓髯，
荣辱与共。
潇洒自如迎患难，
淡然隐含写诗梦。
情谊浓、满纸叙英雄，
高歌颂。

夏日烈，春风弄；
秋雨骤，冬雪纵。
舞琴棋书画、曲高格重。
倩影飘逸暖庭院，
风流倜傥抹苍穹。
人海中、吾笑傲江湖，
苍天动。

注：为蓬莱一中七二级七班高中毕业 40 周年而作。2014 年 10 月 4 日在蓬莱市盛唐国宾酒庄举行蓬莱一中七二级七班高中毕业 40 周年师生联谊会上宣读。

江城子·排 忧

天山天池清水柔。
随人流，
等归舟。
踱步留影心跟客船走。
碧波荡漾撩心事，
人无语，
许多忧①。

湖岸群山绿油油。
夏日休，
盼立秋。
飞絮花落时节再来游②？
跳入湖中喝凉水，
身不热，
心无愁③。

---

① 碧波荡漾撩心事，人无语，许多忧：2012 年 8 月到新疆天山天池乘船游湖，在等待游船的时候，遇见军事医学科学院的一位专家，他因病已不能正常工作，由此笔者想起许多工作上不顺心的事情。上船后，游船开动，碧波荡漾，撩起心事，无心观赏。一个人静静地站在船尾，平添了许多忧伤。
② 飞絮花落时节再来游：飞絮花落的秋天再来吧，可会是哪一个秋天呢？
③ 跳入湖中喝凉水，身不热，心无愁：真到了那一天，有如此境地，再来还愿，在湖中灌一肚子凉水，降燥热，排忧愁。

诉衷情·遗憾留禾木

盘山绕行入深沟①。

禾木似春秋②。

长衣裹体温暖，

木房酒相投③。

家鸡叫，

叩门头，

鼾声悠④。

誓言难现，

遗憾别离，

骑马消愁⑤。

———————————

① 盘山绕行入深沟：2012 年 8 月 19 日前往禾木草原之前，需要盘山环绕下行至禾木村，路窄坡陡，下行礼让上行，达到山底时夜幕降临，对整个禾木村没有整体印象，仿佛这山底像是峡谷一样的深沟，四周隐隐约约地被大山围拢着。村里有几户人家用木板树枝扎起围墙，院内搭建一排木屋，如同宾馆的房间，前排还有伙房和餐厅。当天晚上，我们驻扎在木屋里，等待第二天清晨再行至禾木草原观赏风景。

② 禾木似春秋：8 月的新疆，天气很热。但是禾木和深沟如同春秋，空气凉爽清新，非常舒服。

③ 长衣裹体温暖，木房酒相投：大家将带的唯一一件长袖衣穿上御寒，此时木屋里最是喝酒好时节。这一晚，大家兴奋至极，喝了很多酒。

④ 家鸡叫，叩门头，鼾声悠：清晨天还未放亮，家鸡已在叫床，敲打约好看禾木景色的人的房门，门内却传出悠长的鼾声。

⑤ 誓言难现，遗憾别离，骑马消愁：昨夜酒前发出的必到禾木草原欣赏美景的誓言没能兑现，好不容易到了山底下，却没法看到禾木草原的景色，只能遗憾别离。这一天恰是儿子的生日，家中却传来儿子的身份证等重要物品丢失的信息，此时百感交集，遂向农庄主人租了一匹马，骑马排解不爽的心绪。

阮郎归·新朋老友远征途

新朋老友远征途，
成员自来熟。
一天两顿胃宽舒，
黄昏酒不孤。

竹胎盘，
苇子菇，
推杯整几壶。
蜀南身影似如初，
情谊有人估。

注：2012 年 10 月组团前往重庆考察信息化建设基地时所作。

莫斯科风轻云淡的清晨

朱鸽昀　　王志鸣

举头望天，
一览无余。
风静风动，
云卷云舒。
美轮美奂，
心旷神怡。

蔚蓝的天空，
宛如一幅美妙的画布；
温柔的轻风，
恰似一支神奇的画笔。
蘸取一点白色，
着不一样的力，
呈不一样的景，
或轻描——淡绘几笔，
或浓抹——密涂一片。
如烟花——空中绽放，
如鱼儿——水中嬉戏，
如飞梭——穿织纱幔，
如烟波——缥缈梦幻。
放眼，
画面潇洒自如，
我行我素；
凝目，
图案变幻莫测，
任性不羁。

我已融入画面，
如清风一缕，
天马行空，
放缰驰骋，
自由奔放。
如白云一朵，
随风起舞，
独来独往，
自在逍遥。

此时，
我眼中的美景，
正如自己美好的心境，
在莫斯科
天蓝风轻云淡的清晨，
轻松畅快，
无拘无束。

注：2015 年 7 月中旬，朱鸽昀与军校同班同学前往莫斯科游览，即兴写诗一首。对此略作修改。

诉衷情·聚会感怀

群星相聚满眼光。
稚脸露沧桑。
献身追求卓越，
平凡亦流芳。

出学院，
入营房，
创辉煌。
多年磨砺，
砖瓦螺丝，
淡定坚强。

注：2016年2月27—28日，南京政治学院政工系五班入学30周年纪念聚会活动在全国交通战备干部训练基地隆重举行。为聚会撰写了侧记，并填词一首表达心迹。

致我们已逝的青春

（2016 年 8 月 20 日）

青春，是一次性远航的港湾；
青春，是一个人狂欢的时段；
青春，是一辈子炫耀的光环。

青春，把我们内心的激情点燃，
挥霍了朝气蓬勃的活力，
谱写了不可磨灭的诗篇。
青春，让我们内心的感情随缘，
经历了轰轰烈烈的初恋，
品尝了沁入心扉的甘甜。
青春，使我们内心的友情凸显，
结识了同甘共苦的兄弟，
留下了半个世纪的思念。

我们的青春朴实无华，
却蕴含着诸多不平凡。
我们经历了"三年灾害"的艰难，
我们经历了"文化革命"的阴暗，
我们经历了"上山下乡"的召唤，
我们经历了"大龄高考"的攀岩，
我们经历了"分配岗位"的奉献，
我们经历了"独生子女"的遗憾，
我们经历了"排队分房"的搬迁，
我们经历了"子女嫁娶"的寒酸，
我们经历了"下岗经商"的蹒跚，
我们经历了"改革开放"的考验……

我们的青春——
从来没有遗憾，
已经表达了坚强和承担；
从来没有不安，
已经表示了坚定和勇敢；
从来没有心烦，
已经表现了坚信和非凡。
岁月蹉跎，时光荏苒，
脚步踏实，目标呈现。

青春，我们眷恋，
因为她是斗志的起源；
青春，我们缠绵，
因为她是美好的渊源；
青春，我们怀念，
因为她是生命的本源。

今天——
乌黑的发鬓，
已被白霜侵染；
满脸的稚气，
已被沧桑辗碾；
眼角的平滑，
已被年轮画线；
头脑的灵活，
已被岁月延缓；
腿脚的跳跃，
已被时光放慢。

不要感叹人生苦短，
青春已在火红澎湃的年代历练。
不要感叹人生艰难，
青春已在大浪淘沙的年代过关。

不要感叹人生突变，
青春已在激情燃烧的年代展现。

青春已逝，我们续缘；
时光不老，我们不散。

注：2016 年 8 月 20 日原蓬莱县县委、人委（全称为"人民政府委员会"）大院子女聚会时，人委大院的崔玉春、孙青霞和我朗读了这首诗歌。

仙境做证

（2012 年 8 月 22 日）

我对着蓬莱阁喊了一声，
可看见我的童年伙伴；
我对着丹崖山喊了一声，
可看见我的伙伴童年。

蓬莱阁不语，
丹崖山无言。
你还是那个蓬莱阁？
你还是那座丹崖山？

我把儿时的欢乐交付给你，
仙境——蓬莱阁；
我把儿时的憧憬寄托给你，
仙境——丹崖山。

我曾站在丹崖山上仰视欢笑，
扯去一缕云絮，
衬托着蓬莱阁旁边深邃的大院。
我曾站在蓬莱阁上俯视高喊，
拽来万条雨丝，
洗礼着丹崖山脚下老屋的窗前。

青绿的酸杏留住了那年的回忆，
蔚蓝的大海打发了无聊的童年；
一场篮球激发出雄心壮志，
一场电影呼唤起懵懂心田。

一身运动服裹着活跃的躯体，
一双大回力套着淘气的脚板；
稚气是青春骄傲的标志，
笑容是童真自豪的庄严。

不会忘记父亲的身教，
不会忘记母亲的言传；
不会忘记父亲的嘱托，
不会忘记母亲的心愿。
永远的永远，
父辈的叮咛永存我们心间；
父辈的身影永在我们中间。

蓬莱阁啊，
我们有大院儿时的伙伴；
丹崖山啊，
我们有大院长大的童年。

蓬莱阁还是无语，
丹崖山还是无言。
你还是那个蓬莱阁？
你还是那座丹崖山？

我把童年的梦想奉献给了你——
头顶上的蓝天，
我把童年的时光遗忘给了你——
脚底下的海滩。
像夏光散洒在海面，
像秋雨洒落在山间，
像冬雪飘移在庭院，
像春风吹拂在屋前。

蓬莱阁顶着的这片蓝天，
丹崖山傍着的这片海滩。

就是这片蓝天下，
我想起了你，大哥大姐，
就是这片海滩上，
我想起了你，朋友伙伴！

我多想让记忆停留，
依偎在母亲温暖的胸前，
再留一点我曾经难舍的亲缘；
我多想让时光倒转，
奔跑在伙伴温馨的庭院，
再看一眼我曾经灿烂的少年。

让夏日的热浪吹吧，
浪潮渲染了联谊会的狂欢；
让夏日的大雨下吧，
雨水净化了联谊会的场面；
让夏日的白云飘吧，
云彩记载了联谊会的诗篇。

父亲在看，
您的后代依然奋斗在当前，
没有给您丢脸！
母亲在看，
您的子女依然欢笑在今天，
没有给您添乱！

请仙境做证，
我们是大院的成员；
请仙境做证，
我们是永远的伙伴！

注：2012 年 8 月 20 日两院联谊会结束之后，于 22 日有感而作。

蓬莱阁，我的家乡

（2016 年 9 月 1 日）

童年，我在您身边游逛
少年，我对您充满想象
初中，我对您产生迷茫
高中，我在您面前照相

曲直剥离的青石
独特典雅的塔房
小径委婉的驿道
悬崖陡壁的城墙
避风港湾的离奇
八仙过海的传扬
早已封存在我的脑海
早已烙印在我的胸膛

我走到天涯海角
都会自豪地把您敬仰
我书写散文诗篇
都会傲慢地将您赞扬

蓬莱阁，是我的文房
您记忆了我的学习成长
蓬莱阁，是我的操场
您记录了我的运动辉煌
蓬莱阁，是我的长廊
您记下了我的情感忧伤
蓬莱阁，是我的故乡
您记载了同学伙伴的地久天长

斑驳陆离的水乡
如今竖起了崭新的高墙

悠闲自得的浴场
如今缩小了自由的海疆
神秘低调的海港
如今迎来了世人的到访
辛苦叫卖的小商
如今失去了底气的豪爽

城市建设的内涵
需要文化和修养
城市建设的规划
需要智慧和情商

道路是永生的羁绊
人缘是永恒的桥梁
文化是永久的依托
需求是永远的考量

蓬莱美化了
我发自内心弘扬
蓬莱强大了
我发自内心颂扬
蓬莱升格了
我发自内心宣扬

曾几何时
我见不到您的善良模样
曾几何时
我失去了您的美好形象
每次我回到家乡
您总是对我趾高气扬
每次我走到桥上
您总是对我迷离眺望
我再走出去
是赞美还是惆怅
我再走出去
是亲密还是离殇

夏秋热闹之日
彰显了人头攒动的辉煌
我会远离您
减少您的繁忙

春冬萧条之时
饱经了无人问津的惆怅
我会走进您
体会您的芬芳

蓬莱阁，我畅想
能否在您空闲的时节
采用一种馈赠的奖赏
降低伟岸的身段
提高亲和的情商
让家乡的游子
再次走进您的身旁
让家乡的亲人
再次熟悉您的模样

蓬莱阁，请您放心
无论是矜持沉稳
还是适度张扬
无论是随行就市
还是慷慨解囊
我会永远毫不吝啬地赞美
我会永远舍得挥霍地赞扬
因为，您是我永远的家乡

注：2016年暑假期间，笔者几乎每天前往蓬莱阁散步。蓬莱阁大门似乎是半关闭的，昂贵的门票把长期居住在蓬莱的人们阻挡在大门之外。小时候多次进出蓬莱阁玩耍，之后很少再走进去。笔者在想，蓬莱政府或是蓬莱阁的管理部门，能否在淡季时给当地的人们按比例发放一些门票或可购买的优惠门票，让当地百姓有机会能够再次分享蓬莱阁的历史与文化呢？

水调歌头·岁月感怀

轻狂逞潇洒，
暮色忘归家。
捉蝉垂钓攀树，
无畏少年娃。
旧屋低洼庭院，
老井湿滑池台，
久别失官衙。
一晃童颜日，
青涩已出发。

兼文武，
寻学堂，
洗铅华。
异乡激情驰骋，
细品苦乐茶。
冬雪化为秋雨，
春风曳摇夏炎，
昼夜卷窗纱。
青春去如水，
早晚到天涯。

注：2016 年 8 月 20 日，原蓬莱县县委、人委大院童年伙伴联谊会在蓬莱君顶山庄举行，并推举笔者为组委会主任，为此填词一首予以纪念。

叙今昔

昔日青葱少年，
转眼花甲赋闲。
豆蔻年华印记，
如今责任承担。
君顶酒庄重逢，
共叙儿时情缘。
和睦加固友谊，
两院伙伴团圆。

注：2016年8月20日，原蓬莱县县委、人委大院的童年伙伴在蓬莱君顶山庄举行联谊会，场面令人感动。

春　色

鲍　溶　王志鸣

聆听百鸟腔，
阳光入闺房。
春眠不觉晓，
晨曦搅梦乡。
莺鹊棂前过，
柳梢映上墙。
推窗迎光景，
闻得青草香。
芬芳已荡漾，
盎然不彷徨。
信步门厅外，
温风暖洋洋。
举臂向天歌，
春色撩人忙。

注：原人委大院的子女、现生活在澳大利亚的鲍溶写了《春》《夏》《秋》《冬》4 首小诗，笔者全面修改为
《春色》《夏趣》《秋意》《冬寒》4 首。

夏　趣

鲍　溶　王志鸣

宽池莲花开，
浅塘蛙声嗨！
端坐荫凉处，
观赏弄明白：
蜻蝶各飞舞①，
枝叶不分拆②。
雀蝉齐共鸣③，
花草一平台④。
赤日燃激情，
晴空云出差。
夏花别样红，
树影似金牌。
不觉炎日热，
更愿夏天来！

---

① 蜻蝶各飞舞：蜻蜓、蝴蝶各飞各的，互不干扰。
② 枝叶不分拆：叶子长在树枝上，是不能分拆的。
③ 雀蝉齐共鸣：麻雀叫、蝉发声，各唱各的调。
④ 花草一平台：花和草是在一个地面上成长。

秋 意

鲍 溶 王志鸣

花木已无蕾，
庭院失光辉。
绿荫改颜色，
落叶满处飞。
晨起身心乏，
夕阳提早归①。
秋日始白露②，
夜里霜低垂③。
靓衣渐觉冷，
秋色凉风陪。

① 夕阳提早归：夏至是一年中白天最长、夜晚最短的日子；冬至是一年中白天最短、夜晚最长的日子。秋季是从日长夜短到日短夜长的过渡阶段。所以，夕阳提早西落了。
② 秋日始白露：白露是农历二十四节气中第十五个节气，表征天气渐转凉。俗话说："白露夜寒白天热""白露秋分夜，一夜冷一夜"。
③ 夜里霜低垂：夜晚水汽凝结在地面和叶子上，形成许多露珠。

冬 寒

鲍 溶　王志鸣

檐下琉璃冰①，
瓦上羊脂晶②。
傲雪梅枝羞，
厉风竹叶惊。
瑟瑟路中人，
厚衣裹温情。
冬眠风扰梦，
昼夜雪不停。
醒来窗前望，
万物皆有形。
空巷显清净，
三九添安宁！

---

① 檐下琉璃冰：琉璃，以各种颜色的人造水晶（含 24％的氧化铅）为原料，用水晶脱蜡铸造法高温烧成的艺术作品。屋檐下的冰挂，在阳光照耀时散发出宛如琉璃的色泽，琉云璃彩。

② 瓦上羊脂晶：羊脂，羊脂玉。屋顶瓦上被大雪覆盖，洁白如羊脂玉。

西江月·春 雪

月色朦胧天际，
春分静谧无喧。
雪花飘落挂枝前，
远望洁白一片。

晨起水珠沾叶，
午时光照穿杉。
暖风拂面不知寒，
倩影欢声为伴。

注：2013 年 3 月 20 日，北京下了一场大雪，夫人在下班的路上拍了许多诱人的雪景，让笔者配首小诗。笔者便把当天的印象感怀写就交付。

清平乐·花蕾与雪

望窗惊见，
春雪封庭院。
紫色玉兰含苞绽，
冷暖怎知抱怨！

阳光普照八方，
须臾融化冰霜。
花蕾安然无恙，
成长经受沧桑。

注：2013 年 3 月 21 日，夫人看着自家小院的玉兰树说："我惦记着那棵玉兰，是否能经得起这样的倒春寒？出门时看到她已经含苞待放，但是被冰雪覆盖着。愿今晚回家看到她安然无恙，并期盼这场春雪能让她绽放得比往年更美丽！"为此，笔者填了一首词《清平乐·花蕾与雪》，留作来日印证。

牵牛花的一生

寒冬风景白茫茫，
热屋窗前一束香。
随香近身仔细看，
牵牛花朵暖心房。

牵牛花，命不长，
一天一夜把命丧。
花期短，好凄凉，
浑身解数献辉煌。

春蚕到死丝方尽，
蜡炬成灰泪始光。
小小花朵不争世，
人前何必斗智商。

注：2016年1月29日，夫人的姐姐从东北长春发来一组家中牵牛花开花的照片，笔者随即配了这首小诗。

雪与春的邂逅

假如雪误入了春
是纯洁邂逅了妩媚
那是雪，豪气地召唤冬

假如春遇见了雪
是风情邂逅了单纯
那是春，深沉地暗恋雨

这一天，雪真的与春邂逅
这一天，春真的与雪交融

雪，是散装的
亲吻了空气却被集合了
雪，是纯洁的
下凡了人间却被污染了
雪，是固态的
降临了大地却被融化了

这是雪的任性
还是春的无奈
这是雪的洒脱
还是春的胸怀

雪，茫然遇见了春
却不知春的气息
春，倏然接纳了雪
却不知雪的浪漫

雪，远离了冬季
有意闯进了春的盎然
春，接近了雨季

无情融进了雪的天真

我，其实是喜欢雪的
闯进了春里
便分解了雪的纯度
不过，我依然喜欢雪

我，其实是热爱春的
融进了雪里
便改变了春的属性
不过，我依然热爱春

雪和春都是展示优美的
单色和彩色的比拟
雪和春都是散发生机的
冷调和暖调的区别

我赞美雪与春的交汇
我期许雪与春的结合
我欣赏雪与春的亲吻
我盼望雪与春的拥抱

这个世间缺乏的
就是把不可能变成可能
这个人间缺乏的
就是把不和谐变成和谐
这个世间缺乏的
就是把不好奇变成好奇
这个人间缺乏的
就是把不美丽变成美丽

注：2017 年 2 月 21 日中午，北京迎来了立春后的一场雪，这场雪把萌动的春拉回冰点、带回冬季。当晚又一次降雪，为树木枝条挂上了雪花，把草坪路面染成了雪白。与同事聚餐时，接到夫人的微信说，这般诗情画意的景色，还不来一首诗？当晚回到学校宿舍撰写此诗，一气呵成。

与 SoLoMo 矩阵相遇

邹本耀　　王志鸣

我不知道你需要什么平台
我却知道我需要创业阶梯
我不知道你需要什么机遇
我却知道我需要创客商机

我有幸接触了 SoLoMo
我有幸学习了 SoLoMo
这是创业者网络互动的阶梯
这是创业者项目分享的商机
在阶梯上不断涌现火花
在商机中逐步整合实力

把你的硬件配置
把我的软件产品
紧密结合实际
创造新的价值

把你的电子商贸
把我的实体经济
有机合成联系
营造新的急需

把你的思路点子
把我的渠道人脉
巧妙拴在一起
改换新的天地

这是新世界的拓展
这是新模式的探秘
通过创客说表露心的真迹
通过创客说结识新的伴侣
这需要真诚与付出
彻底取消心里顾虑
这需要合作与共赢
全面实现信用关系
这是 SoLoMo 的关键所在
这是 SoLoMo 的成功前提

其实 SoLoMo 矩阵非常简单
简单得让你热爱亲密
其实 SoLoMo 矩阵相当复杂
复杂得让我深入学习

近厚道者不狭隘
近德高者不看低
无论是线上网络运作
无论是线下沙龙交流
挣一百者与挣一千者见贤
挣一千者与挣一万者思齐
在交流中获取真知灼见
在沟通中获得建言献计

这是一种"传销"
"传销"的是优秀者广度思想
这是一种"传销"
"传销"的是聪明者深度见地
参与度越高积攒情谊
认知度越高集思广益

来吧，创客者
写吧，创客说

与 SoLoMo 矩阵相遇
与 SoLoMo 矩阵结缘
打牢 SoLoMo 的根基
创造 SoLoMo 的奇迹

注：山东蓬莱的朋友邹本耀写就此诗并让笔者修改。2017 年 5 月 8 日夜晚，修改完成。

满江红·女 兵①

丁巳年②间，

刚经历、天惊地动③。

添新景、女兵集结，

军营难控④。

跳舞唱歌天性秀，

身形倩影人为诵⑤。

蓦回首、恰溢彩流光，

真出众⑥。

入伍季，

娇气冲；

集训后，

英姿纵⑦。

好身功练就⑧、一生通用。

岁月沧桑人易老⑨，

铅华洗尽情珍重⑩。

---

① 2017年6月的一天，夫人说，曾在38军104野战医院服役过的女兵准备在上海聚会，让笔者写首诗祝贺一下。笔者欣然答应。因为笔者也曾在38军104野战医院工作过，对那批女兵印象深刻，有感而发。

② 丁巳年：1977年。

③ 天惊：形容发生社会震惊非常大的事件（周恩来、朱德、毛泽东相继去世，四人帮被抓）。地动：唐山大地震。

④ 集结：指将部队调集到一个指定地域。难控：军营中突然来了这么多女孩子，有些招架不住。

⑤ 天性：指人先天具有的属性，亦称本性。往往外界难以改变却可以引导善恶的趋向。人为：人力所为。与天然、天性相对。改军装就是人为控制炫耀身材的做法。

⑥ 溢彩流光：满溢的色彩，流动的光影。形容光芒耀眼，色彩明亮。出众：高出一般人、超过众人。

⑦ 娇气：指脆弱、不能耐苦、惯于享受的习气。一般形容女性。冲：气冲，强烈。英姿纵：姿态英勇威风。特指女子神采四溢，精神焕发。纵，放任，不拘束。

⑧ 身功练就：练成一身武艺。练就，练成。特指女兵经过卫训队和军医学校培训而取得某一专业知识和技能。

⑨ 岁月沧桑人易老：也说沧桑岁月，多指人在成长成熟过程中的际遇，或酸或甜或无奈。人生旅途不能停滞，唯一能把握的是留给自己的经历。沧桑，坎坷。岁月，时间。"岁月沧桑"表示一段坎坷岁月已然逝去。人易老，岁月悠悠催人老。

⑩ 铅华洗尽情珍重：铅，古代用于化妆。华，外在的华丽。意思是洗掉伪装世俗的外表，不施粉黛，不藏心机，具有清新脱俗、淡雅如菊的气质。珍重，重视，爱惜。

看今朝、军地论英雄①，

高歌颂②！

---

① 军地论英雄：同学中确有战场归来的英雄。这里泛指无论仍在军队继续服役还是已转业地方，都有一段英雄豪杰的经历和故事。

② 高歌颂：今天聚会，应该高歌一曲宣扬赞颂。

水调歌头·再铸辉煌

伟大复兴路，
理想寄托谁？
五年砥砺前进，
处处放光辉。
疆域青山绿水，
行业突飞猛进，
自信已回归。
万众主心骨，
爱戴更追随。

斩蝇虎，
抓改革，
立军威。
外交战略方案，
赞誉满天飞。
华夏各族期待，
海外朋侪渴望，
盛会撒春晖。
实现中国梦，
再树里程碑。

注：2017年9、10月，恰逢中国共产党第十九次全国代表大会召开前夕，先后观看了《将改革进行到底》《法治中国》《巡视利剑》《大国外交》《辉煌中国》《强军》《不忘初心　继续前进》等政论片有感。

锦堂春慢①·期　盼

不忘初心，
追求信仰，
人民愿望魂牵。
不懈拼搏，
实现两个翻番②。
改革创新凸显，
理念思路超前。
待目标兑现，
鼎盛神州，
春满人间。

力推强军之路，
捍疆城界域，
稳定安全。
描绘全球方案，
解惑排难。
领袖核心掌舵，
大踏步、一往直前！
盛会谋商蓝图，
骑马扬鞭，
再续新篇。

---

① 锦堂春慢：词牌名。始见司马光所作的《青箱杂记》，双调一百零一字，前后段各十句，四平韵。"锦堂春"的词牌名，见于柳永的《坠髻慵梳》，双调一百字，前后段各十句，四平韵。

② 十八大报告提出：到 2020 年实现两个翻一番，指的是国内生产总值和城乡居民人均收入比 2010 年翻一番，实现全面建成小康社会宏伟目标。十九大报告中，不再提"翻番"等词，在此说明。

秋　雨

秋雨，下得漫不经心
秋雨，下得毫不夸张
倾泻了一潭池水
灌满了京城街巷
天堂雨水下凡
人间尘埃落荒
中和了烦躁
稀释了肮脏
收纳了闷热
播撒了清爽

千万条雨线
挥霍在空中成行
千万个雨滴
洒落在地面如浆

街中矗立的楼宇
迎着雨水
身板散发着自强的高昂
雨中穿流的人们
举着花伞
脚底凝聚着自信的欢畅

秋雨无畏
坚持着滴水穿石的刚强
秋雨有意
把持着似水柔情的心肠
当秋雨直面雾霾
会变得张扬

当秋雨奇缘冰雪
会变得豪放
当秋雨巧遇强风
会变得透亮
当秋雨触摸阳光
会变得晴朗

秋雨无味不呛
秋雨无色不脏
一场秋雨
一次疗伤
一场秋雨
一次涤荡

秋雨秋风秋夜凉
转换着夏炎与秋霜
秋雨秋浓秋叶黄
迎接着冬寒与春芳

绵绵秋雨缓缓停下
天空滑过一朵朵云祥
蒙蒙秋雨慢慢停下
天边画出一道道彩妆

注：2017年10月9日北京下了整整一天的雨，天气变得凉爽。雨水是有灵性的，她滋润了大地、滋润了空间、滋润了人们的心田。

点染江山美如画

沁园春·初访安阳

洹河之滨，
豫北平原，
重镇安阳。
留殷墟遗址，
羑里牢房；
岳飞庙宇，
妇好灵堂。
时间易逝，
历史难忘，
叹为观止好凄凉。
阴雨天，
诉宗殿圣地，
慷慨激昂。

都邑商朝兴亡，
堆甲骨文字惊四方。
周文王姬昌，
艰辛备尝；
演《易》神符，
解识羲皇。
长道之原，
六经之首，
兼容三才载辉煌。
仰天啸，
祭英灵魂魄，
功德无疆。

注：2011 年 10 月 23 日参观河南安阳的殷墟宫殿宗庙遗址、羑里城、妇好灵堂、宋岳忠武王庙等文化积淀深厚的地方，尤其聆听殷墟宫殿宗庙遗址的解说员慷慨激昂的讲解，平添了敬仰和感怀。

绿都印象

雨雾朦胧入南宁
夜色妩媚沿街行
半城绿树半城楼
花掩灌木花掩亭
色泽不同
深浅不平
错落有致
前后分层
美轮美奂
别样风情

校友位高亲陪同
忙里偷闲露真情
展示豪爽气概
深藏布道真经
广西西部旅游联盟
细致安排活动全程
陪走陪看陪酒
真心真意真诚
特色美味
绿色经营
推杯换盏
文化传承
古称邕州
南疆名城
市花朱槿
冬眠神凝
风光旖旎
历史纵横

初春草木萌萌

清晨细雨盈盈

五星宾馆

红林冠名

门前青草娇嫩容颜

路边绿树娇俏身形

枝枝招展

树树撩情

重重复复

叠叠层层

江河密布

峻岭相逢

绿叶婆娑

青翠笔挺

人人入画

步步留影

匆匆过客

懵懵难评

待到气爽秋高

恰至春回天晴

再访绿都南宁

仍会感叹震惊

注：2012年2月13—16日去广西南宁。

卜算子·孤石情

巨石落路旁，
千峰江边等。
水流青山随波动，
不见孤身影。
远看起烟云，
低头见峻岭。
相思万年情不变，
独自睡不醒。

注：2012年2月13—16日去广西南宁。

乐漂流

古龙山间乐漂流，
千峰陪伴也温柔。
皮艇交错摆姿态，
他人镜中笑脸留。
烦事杂情身后放，
欢歌笑语心不愁。
六千八百三岩洞，
九十分钟一线游。
应接不暇自然景，
天下一绝眼中收。

注：2012年2月13日去广西靖西县古龙山大峡谷漂流。

浪淘沙·瀑布归春

德天雨涟涟。
山雾如烟。
踏上竹排游江边。
多姿瀑布映眼帘、白浪波澜。

碧水涌流欢。
永不涸干。
天水下凡到人间。
归春河畔藏心事、醉卧难眠。

注：2012 年 2 月 14 日去观赏广西壮族自治区崇左市大新县的德天瀑布。

德天瀑布

山雾飞腾舞云烟，
心潮涌至瀑布前。
飞流落户归春水，
征服硕龙入德天。

山女晾衣

青山绿水江中移，
画意诗情招人迷。
忽见岸边舞倩影，
山女婀娜晾湿衣。
竹筏飘动难停步，
谁解行人不愿离！
满眼风光遮掩去，
纯情阿妹他人妻？

注：2012 年 2 月 13—16 日去广西南宁。

山水晾纱

万绿丛中藏彩画，
飞流直下百丈崖。
山女不知何处去，
只见林间晾白纱。

注：2012年2月13—16日广西南宁。

点染江山

千峰倒影吻竹竿，
渔排飘落升云端。
点染江山美如画，
天堂不比我人间。

注：2012年2月13日去广西壮族自治区崇左市大新县硕龙镇德天村，在德天瀑布下游的有"恋家之河"（河水流入越南又回到广西）之称的归春河上乘船观景有感。

黄　山

冒雨上黄山，
黄山雾遮面。
遮面被风掀，
风掀山中悬。

缆车送上山，
上山人十千。
十千交百元，
百元成千万。

日进几千万，
月收上亿元。
靠水养生活，
依山换新天。

注：2012 年 4 月 20 日去黄山。

初访宁夏见闻

贺兰山下，黄河岸边。
西北宁夏，首府银川。
袖珍之区，神奇资源。

胜利之红，固原盘山。
大漠之黄，中卫浩瀚。
生态之绿，平罗湖面。
鸟瞰之蓝，吴忠屋檐。
鳞波之白，银川地碱。
物产之黑，太西煤炭。

阳光明媚，微风舒缓。
城市宽大，车流如泉。
物质丰富，独享揪面。
文化粗犷，人憨面善。
偶遇滇人，上当受骗。
街边漫步，人文观园。
玉皇阁旁，清真寺院。
银川鼓楼，炫目伟岸。
北京城楼，矗立街边。

研讨培训，忙里偷闲。
见缝插针，参观游览。
乘车穿行，漫步景点。

穿过芦苇，登坝上岸。
游船涉水，城墙溜边。
驴的驼车，一路屁颠。
明代长城，突现眼前。

旁若无物，未入镜帘。
远古文明，水沟洞现。
峡谷漫游，时空越穿。
藏兵洞穴，明代戍边。
上下相通，左右相连。
曲折蜿蜒，立体盘旋。
防御体系，五百年前。
文化遗址，令人惊叹。

回乡文化，历史久远。
白宫蓝顶，金色大殿。
朝圣重地，经文镶嵌。
女戴头巾，男装不限。
虔诚教徒，脱鞋入殿。
头顶白帽，汤瓶吊灌。
回族三宝，净身首选。
伊斯兰教，古兰经典。
傍晚舞剧，月上贺兰。
未能观赏，留下遗憾。

贺兰山上，峭壁石岩。
形象岩画，随处可见。
悬崖坡壁，兽身人面。
放牧狩猎，娱舞争战。
太阳神灵，祭祀涅槃。
阴阳雕琢，文化凸显。
追根溯源，千代万年。
七十众国，岩画惊现。

初访见闻，印象深远。
神奇宁夏，塞上江南！

注：2012 年 5 月 28—31 日去宁夏银川等地。

拍摄影城景观

走进西部影城，犹如主角入境。
公社生活瞬间，勾起"文革"幻影。
响应主席号召，广阔天地取经。
拉车锄草种地，斗私批修双赢。
上山下乡务农，体验艰苦历程。
终身享用经验，心中仍有真情。

来到影城明城，打打杀杀都行。
十八里红端起，喝酒活血舒筋。
醉卧巩俐炕上，红被贴身难醒。
姜文硬汉形象，教人处事不惊。
步入丛姗屋内，叼起烟袋造型。
当初牧马之人，影响人生路径。
各种武打影片，少有波澜心境。
片名比比皆是，唯我不白不明。

再入影城清城，商铺沿街排成。
瓜果梨枣叫卖，金银铜锡经营。
西洋镜孔观相，婚姻影楼喜庆。
麻绳编织人脸，三百大元不应。
参观时间紧迫，遗憾交易未成。

走马观花一行，舞弄姿势留影。
再到西部影城，时间分配匀称。

注：2012 年 5 月 30 日去宁夏影视城随笔实录。

沙湖掠影

有沙有水称沙湖，
水绕沙丘天下无。
湖中沙里生芦苇，
沙出湖外颗粒孤。

注：2012 年 5 月 31 日去宁夏沙湖，沙湖为国家首批 5A 级旅游景区。

沙坡头体验

大漠沙坡头，
黄河沿边流。
高山骆驼形，
绿洲眼底收。

沙漠动车悠，
惊魄心紧揪。
滑沙一声吼，
睁眼抛下游。

进入沙坡头，
快艇荡千秋。
离开腾格里，
漂游羊皮舟。

注：2012 年 5 月 31 日去宁夏沙坡头——国家级沙漠生态自然保护区，沙坡头为国家 5A 级旅游景区。

走马观花游杭州

浙江依群山，杭州穿隧道。
湿地湖水多，轻骑车辆绕。
车进隧道停，突被后车咬。
不见打嘴架，司机有说笑。
路口搭凉棚，市区单行道。
电杆宣传栏，不见小广告。
人闲不出门，打牌点钞票。
路边吃夜宵，麻辣整鱼烤。
满街伊力酒，泸州老窖妙。
绿雨千岛湖，湖边啤酒好。
宾馆准五星，天天酒中泡。

西溪湿地游，岸边美景少。
宋城千古情，演出有成效。
一人一企业，上市卖股票。
首登千岛湖，浩瀚人工造。
两县埋水底，淳安站得牢。
岛屿布湖面，登高望远眺。
景色在眼前，阴天乌云飘。
船上设酒宴，鱼头不宜烧。
船体刚靠岸，酒足饭吃饱。
参观岳飞庙，雨伞被人盗。
民族英雄前，放肆逞英豪。
秦桧偕夫人，法官与官僚。
长跪在墓前，游人出气包。
乘船荡西湖，湖边雾笼罩。
三潭印月在，未见古断桥。
重建雷峰塔，塔尖真金包。
豪吃楼外楼，未婚小鸡肴。

昨天下暴雨，今日阳光照。
雨停游西湖，回府雨咆哮。

三天游水系，心情格外好。
饭后奔无锡，杭州尽逍遥。

注：2012 年 6 月 20—23 日去杭州时所见所闻实录。

蛇神巧遇

神龙岛中蟒蛇窟，
龙山顶上海瑞孤。
辛巳偶遇壬辰年，
廉官面前贪腐无。

注：2012年6月21日在杭州千岛湖上的神龙岛所见。

冒雨游泰山

旅游漫游冒雨游，
天留山留似人留。
雨过天晴忽一瞬，
乌云密布可风流。
徒步登上玉皇顶，
风景稀少云雨稠。
汗融天水心情爽，
未见日出不罢休。

注：2012 年 7 月 8 日去泰山。

新疆行

兄弟姐妹提行囊，
九人十天游新疆。
长途跋涉戈壁滩，
欣赏美景心荡漾。

乌鲁木齐出机舱，
警车鸣笛送客房。
隔壁酒店早预订，
接风洗尘比酒量。

坎儿井的历史长，
闻名遐迩呈辉煌。
古称灵渠都江堰，
三大水利名门榜。

引出地下清水浆，
不用动力自流淌。
竖井暗渠见功底，
明渠涝坝蓄水仓。

交河故城土城墙，
方圆十里好荒凉。
烈日干旱不长草，
悬崖壁立尽沧桑。

汉代遗址交河荒，
官署寺院不见房。
生土城市曾兴旺，
如今百孔留千疮。

火焰山上光波晃，
热浪滚滚飞鸟藏。
山体雄浑形状怪，
历代墨客写篇章。

夏日眺望红山冈，
四十多度还算凉。
春秋季节欲烧尽，
寒冬可否铺热炕。

红河峡谷葡萄香，
天山清水哗哗响。
百种葡萄吊眼前，
风光旖旎如画廊。

葡萄沟里琴声响，
回望琴鼓挂满墙。
信手选购热瓦普，
弹唱新疆真漂亮。

傍晚行军穿沙场，
九时方入大学堂。
书记校长处领导，
早已等候民餐房。

握手寒暄入酒场，
三杯过后量不藏。
来者不拒不推诿，
主动出击通关光。

座谈会上不打晃，
认真取经学榜样。
参观校园漫步行，
边看边问记心上。

中午拌面丸子汤，
晚上酒桌又开张。
十天九人不掉队，
据说不止十八场。

天天喝酒天天逛，
钢铁胃肠钢铁将。
最多一天喝五顿，
酒店歌厅大排档。

雄赳赳来气昂昂，
谁不服气谁上场。
伊利老窖先两瓶，
润润嗓子再开腔。

注：2012年8月15—24日到新疆石河子大学考察，受到该校党委书记、分管保卫处的副校长盛情款待。同时，几天的时间里，我们对新疆北疆有了大致的了解。

喀纳斯湖

穿过荒芜的戈壁长滩，
忽现美丽的喀纳斯湖。
弯弯山体绕湖边，
粼粼碧波翻白乳。
登上观鱼亭，
眺望雪山谷，
俯瞰湖对岸，
重叠山拥簇。
树木花草为画笔，
蓝天白云为画布，
上一道彩，
绘一组图。
雄鹰低空在觅食，
候鸟绕山在欢呼。
群山丛林禽兽藏，
湖水深处卧龙匍。
神秘山林寻谜底，
魅力湖水饱眼福。
美景一幕幕，
画卷一幅幅。

注：2012 年 8 月 15—24 日到新疆的感观。

千岛湖观象

梅峰观岛千珠撒，
翡翠绿洲水中花。
众人惊鸟蛇圈养，
孤岛睡树竹牵挂。
妖女弄姿煞风景，
铁人种地不发芽。
千岛湖上无邻居，
万波水底有人家。

注：2012 年 9 月 16 日前往千湖岛有感。

蜀南行

六点起床洗漱忙，
驱车疾驶奔国航。
安检过后拟登机，
大雾弥漫留机场。

朋友邀请转店房，
花果清咖溢飘香。
说话聊天侃大山，
十一点多刚起航。

到达宜宾日光强，
车里茅房脱衣裳。
充饥饱肚三点半，
下榻长宁入客房。

五星酒店深山旁，
世外桃源住神汤。
洗澡睡觉驱疲劳，
一行欢聚笑满堂。

蜀南竹海美名扬，
金沙岷江称长江。
西南半壁古戎州，
今日一睹眼放光。

注：2012年10月15日前往四川省宜宾市长宁县，游览蜀南竹海等旅游区。

穿竹海，抒情怀

坐索道，登山脉，
迷雾散落绿荫带。
穿竹林，敞胸怀，
边走边游观竹海。
小孩追，女人乖，
竹旁台阶在叫卖。
喊山吼，如天籁，
粉丝博友很青睐。
青龙湖，划竹排，
湖水墨绿似青苔。
阴雨天，乌云盖，
遗憾影像少色彩。
看真景，抒情怀，
感情交流最实在。
女士好，男不坏，
没有赞美别见怪。
叙真情，要常态，
有事无事常关怀。

注：2012 年 10 月 15 日游览蜀南竹海、青龙湖一带。

临江仙·择辰拨雾拜精英

昨日观竹竹受惊，
低头仰视歪形。
闻听男女细叮咛。
夜半风乍起，
梦醒到天明。

万竿群居看红尘，
唯此撼动心灵。
择辰拨雾拜精英。
古今中外事，
德才是真经。

注：2012 年 10 月 16 日有感于蜀南竹海。

拉萨之行

乘机到达拉萨，
会务接机拖沓。
急忙摆弄姿势照相，
兴奋之情溢出脸颊。

长久向往的地方，
今日攀高了海拔。
奥妙神秘的地方，
今日揭开了面纱。
红衣聚集的地方，
今日敬献了哈达。

天珠蜜蜡绿松石，
雪菊藏药酥油茶。
藏刀藏香山珊瑚，
藏猪牦牛吃粽粑。
藏民朴实很憨厚，
西藏首府在拉萨。

林芝满坡呈绿色，
鲁朗林海遍地盛开野花。
雪山高耸涂白色，
羊卓雍错湖水缠绵邻峡。
拉萨街头看三色，
布达拉宫身披神圣袈裟。
大昭寺面前五体投地，
日喀则高处缺少氧吧。
札什伦布寺人山人海，
雅鲁藏布江设障设卡。

拉萨市委党校,
租借区县管辖。
每年经费可怜,
休假养车尴尬。
培训任务不减,
援藏单位接纳。

座谈会上真实透露,
酒宴桌上情感表达。
援助是真活儿,
合作难接茬儿。
广林书记沉稳淡定,
达瓦部长热情豁达。
公务事不用回复,
届时主动出发。
私人事时常询问,
当面积极解答。

藏餐顿顿丰盛美味,
藏屋家家富有家法。

注:2013年7月25日—8月1日到西藏拉萨党校看望派遣干部,座谈合作发展有关事宜。许广林同志时任西藏拉萨市人大常委会副主任、中共拉萨市委党校党委书记,达瓦同志时任西藏拉萨市委组织部副部长。

满江红·藏金阁

驿站飘香，
马驻脚、路人解渴。
千百年、藏茶隔世，
上天恩泽。
有酒难消腥肉食，
无茶不解青稞热。
盛明时、瑰宝奉中华，
迎宾客。

高寒区，蔬果啬；
缺氧地，强光射。
恰体格健壮、寿长颊褐。
工艺特殊凝福气，
高原雪域积天德。
请真茶、敬告有心人，
藏金阁。

注：2012年暑假去福建，参观了校友的藏金阁。9月20日凌晨为此填词一首并修改完毕。

游悬空寺有感

远望石壁山水画，
近看墙上有人家。
疑是白昼在梦游，
为何木屋半空挂？

注：2016 年 8 月 16 日上午，笔者一家人驱车前往悬空寺。悬空寺，又名玄空寺，位于山西浑源县，全国重点文物保护单位。悬空寺始建于 1500 多年前的北魏王朝后期，历代都对悬空寺做过修缮，北魏王朝将道家的道坛从平城（今大同南）移到此，古代工匠根据道家"不闻鸡鸣犬吠之声"的要求建设了悬空寺。悬空寺距地面高约 50 米，悬空寺发展了我国的建筑传统和建筑风格，其建筑特色可以概括为"奇、悬、巧"三个字。

悬空寺是国内现存的唯一的佛、道、儒三教合一的独特寺庙。悬空寺面对恒山，背倚翠屏，上载危岩，下临深谷，楼阁悬空，结构巧奇。悬空寺共有殿阁 40 间，利用力学原理半插飞梁为基，巧借岩石暗托梁柱，上下一体，廊栏左右相连，曲折出奇，虚实相生。寺内有铜、铁、石、泥佛像 80 多尊，寺下岩石上"壮观"二字是唐代诗仙李白的墨宝。明代大旅行家徐霞客叹其为"天下居观"。

中国古代工匠们的智慧真是不可思议，让人惊叹佩服之余，更令人肃然起敬！

东坡引·感触

情投难满足，
离别已催促。
举杯欲语眉先蹙，
红白黄整肃。
红白黄整肃！

三天过后，
旅行结束。
小县城，
何感触？
微风细雨留别墅。
忧愁欢笑覆。
忧愁欢笑覆！

注：2017年8月中旬，中央电视台、北京电视台和企业的朋友在山东蓬莱市聚集，大家住在中央电视台王建生先生在蓬莱的别墅里，晚上一起喝酒吃饭，欢聚一堂。

纵横天地展风骚

咱们的团长——李明书记

首医李书记，
出口皆术语。
看病说治疗，
全都是道理。
帮助老朋友，
同学心中记。
联系大医院，
介绍老名医。
公寓露天宴，
从头陪到底。
辣干山楂片，
药品带得齐。
学习很勤奋，
组织很缜密。
带领培训班，
取得好成绩。
学友二十二，
结业回故里。
团长终身制，
永远不分离。

注：2011 年 8 月 7—27 日赴英考察培训团团长李明女士，时任首都医科大学党委书记。

偶　遇（外二首）

未曾谋面声誉高，
相见恨晚情谊交。
温文尔雅笑可掬，
思路敏捷话不糙。
胸有大志藏心底，
纵横天地展风骚。
周游世界探新知，
快马加鞭精细雕。

谭向勇校长（一）

皮肤白皙性格强，
黑边眼镜架鼻梁。
山西口音稍带点，
三农专家名声响。
调到物院两年多，
又去工商把航向。
简单画像他是谁，
重点大学谭校长。

谭向勇校长（二）

重点大学谭校长，
处事果断精力旺。
不拘一格用干部，
广揽贤才选名将。
抓大放小责任制，
基本建设永不忘。
调整专业打基础，
明确思路定方向。

注：2011年8月7—27日赴英考察培训团的班长谭向勇，曾任北京物资学院院长，时任北京工商大学校长，现任该校党委书记。2011年8月19日下午从英国高等教育统计署出发前往伦敦的路上，笔者于车内写就此三首小诗。

题宋师长

摄影大师逞风流，
武行学府别样幽。
蓝天白云镜中画，
墙砖花草入吟讴。
佳肴美酒未受宠，
琳琅满目面含羞。
借问他乡谁相似，
雄姿应为军营留。

注：2011 年 8 月 7—27 日赴英考察培训团成员。宋师长时任北京印刷学院纪委书记。其担任军队某部师长 8
年之久，为中国摄影协会会员。

女中强将——张凡书记①

戏曲接触少，
京剧不沾腔。
突然接重任，
开朗管内行②。
时间在推移，
喜欢跟着唱。
半夜惊老公，
陶醉自欣赏③。
学校大小事，
拍板把方向。
招揽知名人，
专业更增光。
潇洒身超脱，
放手心不慌。
工作与生活，
都是女强将。

---

① 2011 年 8 月 7—27 日赴英考察培训团成员张凡，时任北京戏曲学院党委书记。

② 开朗管内行：张凡书记性格开朗直爽，为人直言不讳，十分爽快。她说，自己不会也不懂戏曲，突然有一天宣布让她担任戏曲学院党委书记，有些措手不及的感觉，那可真是外行领导内行啊！

③ 半夜惊老公，陶醉自欣赏：张凡书记曾在饭桌上说起在戏曲学院的趣事。有一天晚上看电视，突然节目里有京剧片段，她便随声附和，惊动了身边早已熟睡的老公。她说自己，干什么就必须吆喝什么。

杨军校长

大连口音还挺浓，
高大魁梧行如风。
密眉大眼鼻梁挺，
长相酷似毛泽东。
与人说话面带笑，
和蔼可亲众人拥。
高档相机频闪烁，
美景善面入镜中。

注：2011 年 8 月 7—27 日赴英考察培训团成员杨军时任北方工业大学副校长。

沈玉宝书记

一嘴北京腔，
脸上显沧桑。
原为区领导，
下凡到学堂。
勤快脑子灵，
没有京官相。
忙前又忙后，
为人很善良。
平时挺低调，
出口皆文章。
要问他是谁，
二班副班长。

注：2011 年 8 月 7—27 日赴英考察培训团成员沈玉宝，时任北京广播电视大学党委书记，曾任北京市昌平区政协副主席、区委统战部部长。

郭胜亚处长

满腹经纶偶卓勋，
处事慎重显深沉。
闻讯见物无敷衍，
读书善文求理真。
博学多才抖风度，
践行少语藏精神。
年轻有为再探索，
前程似锦领班人。

注：2011 年 8 月 7—27 日赴英考察培训团随团的有三位小兄弟：时任北京市委组织部宣教政法干部处副处长郭胜亚、北京市教育工委干部处副处长高小军、北京市教育工委办公室副主任吴雅星。郭胜亚与笔者是一个小班成员，正是他提出让笔者至少为小班成员每人写一首诗的要求，才有了英国之行的 22 篇诗词。

安江英院长

河北大汉性格爽，
家里台柱安院长。
尊敬夫人选礼物，
感情需要平时养。
课上精力最集中，
晚间作文靠思想。
深夜急去沾烟酒，
疑是闲来心里痒。

注：2011 年 8 月 7—27 日赴英考察培训团成员安江英担任赴英考察培训团的报告执笔人，时任北京电子科技职业学院副院长。

诉衷情·陈建中先生学术研讨有感

淡茶轻语话陈君。
见真谛灵魂。
新年昨日评述，
掩满腹经纶。

为人正，
处事真，
笔耕勤。
四十余载，
著作等身，
桃李盈门。

注：陈建中是我在学校十分佩服的一位先生之一，我们有一见如故、相见恨晚之感。在他退休前，我每年都有那么几次，选些个充足的时间到他办公室坐上小半天，聆听他的见解和故事，探讨一些关心关注的问题。我曾想牵头为学校组织国内外专家撰写关于物流流通方面的"大部头"系列专著，得到陈先生的大力支持和赞许，还主动请缨作为主编，并协调国家领导与知名学者专家，可惜未获得学校同意，失去了良好机缘。2013年年底，在他退休之前，学校组织陈建中教授学术研讨会，此篇特为陈先生而作。陈先生是填词赋诗的高手，即使在陈先生面前班门弄斧，贻笑大方，我也在所不辞。

阮郎归·为张军强祝寿①

花甲之年享清福，
儿孙笑满屋②。
亲朋老友见如初，
推杯喝几壶③。

身体壮，
酒量足，
夜来情不孤④。
诙谐笑语随口出，
话糙理不俗⑤。

---

① 2015年7月11日为老同学张军强六十寿辰题。张军强是笔者高中同班同桌的同学，1974年一起下乡到蓬莱县龙山店公社当知青，笔者在西扬头大队务农，他在周梁大队务农。

② 儿孙笑满屋：退休后，照看孙子，隔辈亲。孙子爱吃鱼，时常到海边为孙子买鱼不惜高价。儿子与孙子很孝顺，家庭里其乐融融。

③ 推杯喝几壶：每当笔者探亲回蓬莱，都会组织若干酒席喝上几壶酒。

④ 身体壮，酒量足，夜来情不孤：身体十分强壮，酒量也大，每天喝酒不醉，有一批好朋友夜晚陪伴。

⑤ 诙谐笑语随口出，话糙理不俗：酒桌上情绪高涨，笑话故事张口就来，但是从来不讲脏话和黄段子，笑话和故事里蕴含着哲理。

采桑子·为宁炳成贺寿①

蹉跎岁月人生梦②，
少时联翩③。
老时恭谦④，
情谊渊源⑤涌心间。

春秋更迭⑥六十载，
课上言传⑦。
场上身先⑧，
桃李芬芳春满园⑨

① 2015年12月29日祝宁炳成同学六十寿辰题。1972年高中时，笔者为班级团支部书记，宁炳成为班级班长，现为蓬莱一中体育教师。
② 蹉跎岁月人生梦：一生坎坷，岁月蹉跎，梦想不断。
③ 少时联翩：少时指在此校学习的时期。联翩，梦像鸟飞翔一样连续不断，那时年少轻狂，浮想联翩。
④ 老时恭谦：老时指在此校退休。恭谦，踏上讲台，直至今日，如兄如父，作为教师要展示儒雅绅士风范。现时年大成熟，也唯有谦逊礼让。
⑤ 情谊渊源：在该校上学时奠定了情谊基础，后来执教积攒了情的缘分。
⑥ 春秋更迭：春去秋来，斗转星移。60年的时间须臾已逝。
⑦ 课上言传：在体育场授课时，专业传授，言传身教。
⑧ 场上身先：在篮球场裁判时，严格执法，身先士卒。
⑨ 桃李芬芳春满园：可谓桃李满天下、芬芳春满园。桃李，寓意为教育树人的硕果。芬芳，果香满天飘散。

这是谁？你猜

比赛，奔跑、跳跃、投篮，
你在，故我在。
比赛，奔跑、跳跃、投篮，
你在，我不在。
怪不怪？挺怪！
为什么？你猜。
正式的比赛，我去裁；
自发的比赛，我不玩。
宴会，饮食、说笑、喝酒，
你爱，故我爱。
宴会，饮食、说笑、喝酒，
你爱，我不爱。
怪不怪？挺怪！
为什么？你猜。
有事的宴会，我能来，
无意的宴会，我躲开。
六十开外，
裁判腕、教师派；
三十多载，
学生脉、长辈范。
这是谁？你猜。

___

注：2016 年 12 月 29 日系高中同学宁炳成生日。宁炳成是我负责提醒被祝贺生日的对象之一，其为荣誉国家级裁判。

渔家傲·杨永军老同学六十生日感怀①

爱女藏娇心灿烂②，
胸怀宽广为好汉③。
乡镇红浆天地炫④。
真浪漫，
佳肴美味杯中半⑤。

含蓄笑声突泛滥⑥，
夜深回味喜惊伴⑦。
舞台献诗全场赞⑧。
好期盼，
身怀韬略何时现⑨？

---

① 2016年2月20日为老同学祝寿填词。笔者略知老同学的点滴逸事，用"渔家傲"的词牌表达了几层意思：对家庭妻子女儿的爱和善良厚道的大度豁达的人生，真好汉者；酿酒与宴席不劝酒的反差；不仅幽默含蓄有深意，而且具有无人知晓的能力，如写诗、诗朗诵、讲故事等，不知还有什么特技绝招何时能够展示人前。

② 爱女藏娇心灿烂：老同学爱妻惯女，成佳话。至今未带其妻与同学见面，有家中藏娇之意，但从老同学发自内心的满脸灿烂的笑容即可看出其幸福快乐的感受。

③ 胸怀宽广为好汉：心胸开阔、为人正直，摸爬滚打60年成为真好汉。

④ 乡镇红浆天地炫：一生与酒结下不解之缘。退出集体酒厂，兴办个人酒厂。酒香不怕巷子深，酒厂建在乡镇，酒香却炫酷般地飘向全国各地酒商之家。

⑤ 佳肴美味杯中半：时常宴请同学朋友，自己虽是酿酒的老板，酒桌上从不劝酒，也不多沾酒，往往沾个边儿，留一半。

⑥ 含蓄笑声突泛滥：在酒桌上讲故事、说典故，很幽默诙谐，故事含蓄有趣，每个人沉浸在情节里，停顿片刻，开怀大笑，笑声挥霍在酒席间。

⑦ 夜深回味喜惊伴：宴席上讲的故事，同学在深夜冷不丁想起来回味，窃喜声又惊醒了身旁的老伴。

⑧ 舞台献诗全场赞：在高中班级毕业40周年师生联谊上，独自跳上舞台，眉飞色舞、诙谐流畅地一首回忆纪念班级逸事的长诗，让在场的老师和同学们泪眼婆娑地刮目相看，赞不绝口。

⑨ 身怀韬略何时现：不知还有多少韬略没有展现呢？

为孙志强女士六十周岁生日题

相夫教子前后忙，
孝敬老人苦甜尝。
全家重任一人担，
兄弟姐妹可飞翔。

孙家有女不彷徨，
心肠柔弱名刚阳。
耳顺之年在今日，
福寿东海更志强。

注：2016年12月10日所作。孙志强是笔者高中的同班女同学，也是班级让笔者负责提醒被祝贺生日的同学之一。

渔家傲·为李彦玲贺寿①

雅致心随文章鹜，
风情身跟逸翮俏②。
寄思留香风日佼，
天籁调，
情怀浩荡丛中笑③。

风韵雍容颜值耀，
平安冬月芳辰到④。
远在天边双手摇，
生日好，
瑶池圣母福光照⑤。

---

① 2016年12月25日为老同学李彦玲贺寿题。班级分工提醒全班同学为高中同学祝寿庆生的名单中，李彦玲便是其中之一。附小诗《太极》一首：拳法柔中有刚/兵器刀光剑影/动作沉稳柔和/步态弧形轻盈/神意悠然含蓄/手足相随呼应/全观行云流水/招式清晰分明/调身调息调心/当属教母彦玲。

② 雅致心随文章鹜，风情身跟逸翮俏：鹜，取桀骜不驯之意。逸翮，指强健善飞的鸟翅膀。李彦玲有写文章的爱好，其雅致的韵味在字里行间漫游，可以桀骜不驯地驰骋。她掌握太极拳的法式，其风情的浪漫呼应着善飞的鸟的翅膀，生动俊俏。

③ 寄思留香风日佼，天籁调，情怀浩荡丛中笑：留香，予人玫瑰，手留余香。采用撰写文章的方式思想寄语，采用教授太极的载体赠瑰留香，以此获得天时地利的美丽，在天籁之声的律动下，浩荡无际的情怀一展无余，美好的心情如同在花丛中欢笑。

④ 风韵雍容颜值耀，平安冬月芳辰到：平安，平安夜。冬月，阴历的十一月份。芳辰，女性的生辰。虽年过六旬，依然雍容优雅，气质风韵正相宜。冬月生辰前夕又遇西方人平安夜的节日，也是一种特别的祝贺。

⑤ 远在天边双手摇，生日好，瑶池圣母福光照：瑶池圣母，王母娘娘。古代神话中掌管不死药、罚恶、预警灾难的长生女神。现多传为保护妇女的女神。远在天边的王母娘娘也双手抱拳遥祝：生日好！投下了万福霞光予以贺寿。

垂钓老翁——陆剑①

老翁喜钓坐船头，
海水如镜人却流。
竿竿昂首观天际，
不知何鱼吞吾钩②。

一褂一帽一叶舟，
一竿丝纶一寸钩。
一曲小调一壶酒，
一人独钓一春秋③。

钓竿一甩线轮搂④，
愿者贪婪就上钩。
海底宝贝啥都有，
够吃够用竞自由。

五彩世界水下游，
烦事新愁心中踩。
老翁不尝鱼滋味⑤，
心底无私何所求。

---

① 2017 年 8 月 12 日跟随陆剑乘船去海里钓鱼，笔者钓了 8 条鲅鱼、1 条小黑鱼。陆剑是笔者高中的同班同学，也是班级三个活宝（张军强、杨永军、陆剑）之一。陆剑喜欢钓鱼，常年早上乘船出海钓鱼。近几年，笔者回老家探亲，偶有乘他的皮艇出海钓鱼，在毫无边际的大海上随一扁舟摇晃垂钓，别有一番情趣。

② 见唐代诗人常建的《戏题湖上》："湖上老人坐矶头，湖里桃花水却流。竹竿袅袅波无际，不知何者吞吾钩。"

③ 见清代诗人、文学家王士祯的《题秋江独钓图》："一蓑一笠一扁舟，一丈丝纶一寸钩。一曲高歌一樽酒，一人独钓一江秋。"

④ 线轮搂：钓竿上有一个卷线器，鱼竿甩出去后，要立刻搂住回收拉紧，以便提高鱼咬钩的敏感度。

⑤ 陆剑喜欢钓鱼，不爱吃鱼。

我的好兄弟——卫波

那年我们相识
一见如故
那年我们相识
促膝倾诉
那年我们相识
情谊牢固
那年我们相识
共同觉悟

那些难事不难
却轻易受辱
那些杂事不杂
却额外添堵
那些烦事不烦
却独自辛苦
那些险事不险
却正途受阻

你总是一笑而过
从不迁怒
你总是豁达开朗
从不猜妒
你总是独自承担
从不外露
你总是谦虚低调
从不自负

服务保障业务
你熟
后勤干部职工

你护
属下生活困难
你助
走上前台表彰
你不

我们一起分解
历史遗留的难处
我们携手推进
现实繁重的事务
我们共同探讨
未来发展的出路

你兢兢业业
十分辛苦
你排难解惑
十分不俗
你务实改革
十分靠谱
你清廉勤政
十分突出

十年工作相处
感悟历历在目
十年真情交流
醍醐铭心刻骨
你是我的好兄弟
你是党的好干部

你病倒在学校
负荷透出
你病倒在暑期
履职止步
你病倒在岗位
成为残烛

你默默治疗重疾
多次手术
你暗暗处置病患
少有招呼
你悄悄进入监护
没再走出

你走得那么急促
你走得那么仓促
我心如刀割
裂肺痛楚
我情感难舍
泪流如注

我了解你
那些话不再向你重复
我熟悉你
这首诗不再让你过目

安息吧，我的好兄弟
求赐福超度
安息吧，我的好兄弟
愿平安入土

注：2017年10月14日12：25卫波永远离开了我们。1965年3月出生的他，才52周岁。9月14日，我在学校中层干部会议上说，我退休了，卫波病倒了。整整一个月，他走了。

这几年，他身体患有重病，一直带病坚持工作，暑期在处理工程事务时因病倒下。卫波学医出身，从第一军医大学毕业。军旅生涯20多年间，他历任战士、学员、医生、卫生队队长、团政治处主任等职务，从一名普通战士成长为一名军队的副团职干部。2006年9月转业到北京物资学院工作，先后担任北京物资学院后勤管理处副处长、后勤党总支副书记、后勤管理处处长，时任学校党委纪委委员。

我与卫波感情甚好，无话不谈，相互支持帮助。尤其在解决学校历史遗留问题方面，他倾尽了全力。卫波光明磊落、为人正直，谦虚谨慎、勤政廉洁，生活节俭、好善乐施，热爱生活、兴趣广泛，与人为善、广交朋友。

卫波对生死看得很淡，十分超脱。在患重病期间，他对我谈论过生命的意义，令我动容和刮目相看。卫波离世的当晚，我难以入眠，匆匆写下了这首小诗，略表对我的好兄弟——卫波的不舍和敬意！

回家团聚享温馨

祝妈妈八十大寿①

家音激孝心，
思绪绕灵魂②。
隔日赴仙境，
情急见母亲。
八十寿辰期，
设宴喜迎门。
轻松卸重负，
潇洒抛金银③。

---

① 2011 年春节前夕，恰逢妈妈 80 周岁大寿之际。

② 家音激孝心，思绪绕灵魂：接到妈妈的电话，激起对妈妈的思念，一时间满脑子都是与妈妈有关的事情。

③ 轻松卸重负，潇洒抛金银：到家后不久，潇洒地设宴两次，心中多年不能尽孝的负罪感有所卸载，心情轻松了许多。

上海过年感受纪实

世茂滨江花园坐落江边，
高档居住小区管理森严。
兄弟姐妹团聚一堂，
陪伴妈妈上海过年。
一号楼宇四十三层，
电梯门道直通房间。
周边是鞋柜，
此屋是玄关。
主卧设计很豪华，
主卫设施很齐全。
八人走进厨房可干活，
全家围住餐桌离太远。
三间睡觉屋落地飘窗，
四个卫生间独立方便。
书房紧靠客厅，
客厅面对江畔。

妹妹忙里忙外在做饭，
弟媳一早一晚在增援。
早餐不简单，
小菜小吃一桌圈；
晚饭不嫌繁，
大鱼大肉一桌面。
外甥女藏在屋里写作业，
学业有成，
时代在召唤。
朱主编待在卧室译外文，
努力工作，
时常不出面。
姐妹串屋忙倒茶，

嘴上商议下步行动，
提出各自方案。
兄弟出门吸口烟，
脑里盘算近日活动，
查阅目标地点。
妈妈总想帮个忙，
满屋溜达找活干。
我自一心想事情，
沙发稳坐写诗篇。
平时各自手机难离手，
晚上围着电视挑着看。
写诗词、送祝福，
一赋一福；
吃饺子、看春晚，
一碗一晚。
除夕家中饺子宴，
初一酒店吃大餐。

黄浦江边烈风蛮，
白天雾蒙飞雪寒。
偶听江中一声吼，
单见轮船离港湾。
风雪交加迎面吹，
亲情相融手臂牵。
谈笑风生不知累，
家长里短难说完。
窗外灯火辉煌，
屋内笑语喧天。
关房灯，
拍摄对岸霓虹灯光；
开窗帘，
观望两边烟花灿烂。
谁说大都市节日无趣，
可知大上海过年非凡！

阳光明媚照外滩，
春风和煦拂江畔。
散步百米来码头，
乘船千米到对岸。
小家庭簇成一组显神韵，
大家族编成两行摆笑脸。
路边人头攒动，
外滩人满为患。
相机频闪留下时代烙印，
地点常换定格年代容颜。
城隍庙里声连声，
豫园商城肩并肩。
叫卖声不绝于耳，
欢笑声遍布方圆。
商铺门脸挂满精致纸人典故，
街巷过道挂满精美纸灯装扮。
人山人海前后拥着走，
一家一户左右挽着看。
各种商品琳琅满目，
各种小吃眼花缭乱。

上海博物馆令人流连忘返，
文化艺术宫让人催赶时间。
古代文化博大精深，
影响深远；
现代艺术探索发展，
追溯前缘。
朱家角历史原貌古镇，
小桥流水秀丽可观；
西佘山国家森林公园，
百米矮山唯一可攀。
纪念馆表达人物伟大，
生活气息浓郁影响人生观；
文物馆展示历史文化，

年代痕迹深刻修炼价值观。
精心传递摄影照片，
细心编撰景点文献。
每人都在行动，
每人都在盘点。
高高兴兴相聚，
欢欢喜喜过年。
祝福妈妈健康吉祥，
祝愿全家幸福团圆。

此次上海一行，
满打满算十天。
幸福快乐充实，
永久记录在案。

注：2013年春节前夕，妹妹邀请妈妈、笔者和弟弟两家去上海临时的家过年。2月8日弟弟、弟媳到达上海，我们9日除夕到达上海，一家人住在一起，其乐融融，感受着南方大都市过节气氛。2月15日返回各自城市。

西江月·探　亲①

寒假归心如箭，
开春探望娘亲。
回家团聚享温馨。
见面远超电信②。

品尝蓬莱食料，
倾听同学乡音。
班庆策划定乾坤。
分别委托重任。

---

① 2014年寒假回山东蓬莱探望母亲，享受家的温馨。同时与高中同学一起商量在10月组织班庆活动的有关事宜，做了大致的分工。

② 见面远超电信：即见面远远超过打电话和传递信件的效果。

诉衷情·故 乡

蓬莱丹崖是神山，
迎海北天南。
慕名会聚瞻仰，
天下美名传。

出生地，
二十年，
离家园。
久别回乡，
返璞归真，
赛过神仙。

注：2014年1月30日大年三十，前往蓬莱阁脚下散步，看到海岸线上少有游客，驻足在海边拍照欣赏景色，许多过往历历在目，回到家中而作。

南乡子·除夕夜①

水饺不端盘，
今夜操持明晨餐②。
莓果樱桃红似火，
凝观，
螃蟹无神状态憨。

屏幕任狂欢，
笑语满屋气氛添。
那日不觉寒刺骨，
心安，
暖流催情嘴不闲③。

---

　① 2014年1月30日除夕夜，家人相聚，格外亲密热闹。

　② 今夜操持明晨餐：山东蓬莱当地的风俗习惯是大年三十的晚上，最重要的事情就是全家老小一起包饺子。除夕夜不仅是新旧两天的更替，还是新旧岁的更替，称为"交子"。在辞旧迎新这个分界线上举行一个仪式，"饺子"和"交子"谐音，便形成了吃饺子的风俗，赋予了祈求来年吉祥如意的文化内涵。除夕夜包水饺，凌晨鞭炮叫醒起床后吃饺子。

　③ 暖流催情嘴不闲：当天包饺子完毕后，妈妈讲了如何对老家的亲戚救急又救穷（俗话是救急不救穷）的故事，催人泪下，感人至深，大家洗耳恭听，嘴里却不闲着。

阮郎归·初一拜年

清晨敲门喊称呼，
拜年人都熟。
作揖牵手送康福，
须臾不孤独。
亲邻居，远姨姑，
进家茶一壶。
天涯游子电长途，
无书理不俗。

注：2014 年 1 月 31 日大年初一，一大早亲戚、朋友、同学、战友上门拜年。有进屋的有不进屋的，热闹非凡。境外游子在合适的时间里电话拜年，却不失礼数。

西江月·马年祝福

妩媚蛇游冬去，
威风马跃春来。
亲朋好友笑口开，
幸福美满康泰。

品尝佳肴美味，
观赏精彩舞台。
新春佳节情满怀，
和睦友情常在。

注：2014年2月2日大年初三，为给亲朋好友发祝福微信创作。

家乡过年写实①

寒风中藏着春的呼啸
昼夜里含着年的味道
满街空巷
人在家中操刀
满席佳肴
脸在酒前堆笑

"当地生"活鱼身影独领风骚
"赤甲红"螃蟹形色分外妖娆
大对虾红焖腰弯
小海螺爆炒口笑
品海参不论个
尝鲍鱼舀一勺
牛肉鸡翅乱炖
羊肉猪排红烧
萝卜白菜蒿子秆
海带紫菜海麻草
蓬莱小面
排骨蒸包
各色馒头
鲅鱼水饺
苹果橘子猕猴桃
瓜子花生"开口笑"
蓬莱敬八仙——度数低
烟台新古酿——酒力薄

---

① 2015年2月14日驱车回家探亲过年。家中年味十足，吃货丰富，肉类、鱼类、菜类、面食类、水果类、坚果类等，物品丰盛，应有尽有。家中充满着团圆的兴奋、和谐的欢笑，其乐融融。2月19日春节前后，同学们多次聚会，更增添了同学之间无私的关爱和真情。遂将几天的场景印记实录，以备回味。

啤酒数瓶不醉

红酒一喝就高

老人膝前儿孙围绕

媳妇面前公婆絮叨

少吃肉——避免三高

多运动——身体苗条

少喝酒——二胎趁早

多休息——精神就好

电视节目陪伴

偶看屏幕叫声大　笑声少

脸生的年小的抬头瞧瞧

除夕夜联欢晚会

不看后悔看了就喊孬

水果小吃不停——肚皮鼓包

茶水饮料伺候——夜里叫尿

电子设备走俏

常拿手机摇声小　心声躁

三元的五毛的收进红包

上班族购物打车

不用吃亏用了还害臊

电话微话①少打——话费减少

微信短信爆满——流量超高

门前张贴春联挂灯笼

街上点燃烟花放鞭炮

少年儿童玩游戏

姑娘媳妇忙拾掇

女孩穿双丝袜往外跑

老人穿上红袄好俊俏

---

① 微话：即微话智能拨号软件，是当时新兴的一种快速拨号、智能通讯的管理软件，在有无线局域网的前提下，可以免费拨打电话。

小伙子穿件新衣就知足
小孩子穿套名牌不知道
走街串巷驱车步行计划巧
进家串门握手作揖问声好
少话的站一站
多话的聊一聊
好久不见——最近可好
前日聚会——喝酒不少
过年话千篇一律
祝福语新词不糙

家宴中亲人团圆及时尽孝
酒店里亲朋团聚交流需要
同学相邀添情趣
战友相见尽逍遥
婆姨劝——少喝酒
老人喊——早回巢
饭馆开门少
提前预约好
房间外夹杂着鞭炮
酒桌上渲染着欢笑

时间不等人
岁月催人老
过年长一岁
容颜添烦恼

今年过年晚
新春立春早
早晚都一样

家乡过年年味浓
家乡过年心情好

行香子·过　年

除夕团圆，
初一拜年。
满屋香、飘在屏前。
马别任性，
羊携缠绵。
见一片雨，一片云，一片天。

春来冬去，
夏过秋连。
人生梦、依然长远。
著书立说，
踏步乡间。
想过闲日，享闲情，烧闲钱。

注：2015 年 2 月 19 日大年初一，羊年到来，妈妈也是属羊的。笔者由于再有两年退休，故在词中大致设想了将来的生活。

十六字令·餐（三首）

王富民　王志鸣

餐。
送马迎羊轮流间。
同学聚，
每次像新年。

餐。
佳肴满桌吃不完。
谁缺钱，
情谊埋心田。

餐。
归心回乡才七天。
喝多次，
还未到初三。

注：2015年春节过后，王富民写了一首十六字发给笔者要求再续，才有了此作。

春去也①·中秋节②

中秋节，孤影留空房③。
简言繁图飞速转，
另番滋味内心藏④。
情意系家乡。

---

① 春去也：词牌名，又名江南好、望江南、梦江南。
② 2015年9月27日中秋节，想起王维的"独在异乡为异客，每逢佳节倍思亲"的诗句，感言。
③ 孤影留空房：只身孤影在学校宿舍安稳值班。
④ 简言繁图飞速转，另番滋味内心藏：利用手机微信的贺言和图画回复节日祝福，却别有一番滋味在心头。

减字木兰花·过 年

过年如令，
神州披装皆欢庆。
易逝韶华，
满脸沧桑已作答。

缠绵羊走，
活跃金猴精神抖。
世代迎春，
阖家团圆向前奔！

注：2016年2月8日过春节，填词一首以作纪念。

采桑子·知时鸟报春①

雄鸡一吼星辰藏，
猴入山中②。
丁酉年浓，
六十甲子鸿运通③。

新春万事神州擎，
天下为公④。
力挽苍穹，
四海亲朋皆随踪⑤。

---

① 知时鸟报春：习近平总书记在 2017 年春节团拜会上说，在中华文化中，鸡是"德禽"，是"知时鸟"。鸡鸣而起反映了中国人自古以来的勤勉、勤奋精神。2017 年 1 月 27 日大年三十，在迎接鸡年的前夕，遂填词一首略表心境。

② 雄鸡一吼星辰藏，猴入山中："一唱雄鸡天下白"，满天星辰藏起来。花果山中金猴在，何时有事再出差。

③ 六十甲子鸿运通：鸿运，指好运气，也指通顺。人生一个甲子过去了，虽平庸平淡，但运气尚好通顺，知足矣。

④ 新春万事神州擎，天下为公：2017 年新春伊始，习总书记引用王安石的一首诗："飞来山上千寻塔，闻说鸡鸣见日升。不畏浮云遮望眼，自缘身在最高层。"可谓别有一番深意。新的一年，家事国事天下事，中国作为负责任的大国，在默默践行着"天下为公"的美好政治理想。

⑤ 力挽苍穹，四海亲朋皆随踪：无论西方国家如何使绊设卡，以习近平为核心的党中央力挽苍穹，仅"一带一路"的倡议，全球就有 100 多个国家和国际组织积极支持、参与和跟随。

临江仙·端午忆屈原①

五月初五端午节，
品尝粽香细嚼。
雨后天晴空气洁。
昨天下冰雹，
今日却和谐。

楚国屈原献楚辞②，
才华横溢叫绝。
王者宠妃皆中邪③。
持深思高举，
殉理想诀别④。

---

① 2013年6月12日（阴历五月初五）端午节，有感而作。

② 楚国屈原献楚辞：战国时期楚国的伟大诗人屈原创立的新诗体——《楚辞》与《诗经》并称为"风骚"，是中国诗歌史上现实主义和浪漫主义两大优良传统的源头。据郭沫若先生考证，屈原作品共流传下来23篇。其中《九歌》11篇，《九章》9篇，《离骚》《天问》《招魂》各1篇。

③ 王者宠妃皆中邪：贾谊在《吊屈原赋》中，描述屈原时代一切都是颠倒的：猫头鹰在天上飞翔，鸾凤却深藏起来；小人得志尊显，圣贤却不得其用；正直廉洁的人受到污蔑，强横残暴的人却得到称誉……楚国的时局像是中了邪。

④ 持深思高举，殉理想诀别："深思高举洁白清忠，汨罗江上万古悲风。"此句表达了屈原具有深邃的思想、高超的举动、洁白的品格，又是楚国的忠臣、名士。其投江而死，感天动地，使得汨罗江上刮起万年不息的悲愤之风。深思，指认识清醒；高举，指志行高洁。"我独清"就是"高举"，"我独醒"就是"深思"。

国庆节　七天乐

节

愉悦

家和谐

不知不觉

温馨言语歇

养精蓄锐坚决

品茶茶香香满街

睡觉觉甜甜又重叠

喝酒酒醇醇更烈

朋友相约迫切

盼家宴纠结

春秋更迭

发请帖

再约

节

注：2013 年 10 月 1 日国庆节有感而作。

幸福安康　万寿无疆

——为二舅胡惟琛九十大寿题

今天，
我们这个大家族，
从四面八方会聚，
四世欢聚一堂。
今天，
我们的聚会主题，
二舅九十岁大寿，
祝您幸福安康、万寿无疆！

您的一生经历了战争洗礼，
您的一生经历了建设南方，
您的一生经历了艰难开拓，
您的一生经历了改革开放。
您——受到了旧社会百折千回的煎熬，
您——肩负了新中国千辛万苦的担当，
您——分享了新社会实现温饱的喜悦，
您——聆听了新时代追求康健的乐章。
如今，家和国昌，人丁兴旺！
您的脸上露出了幸福美满的微笑，
您的身上散发了自豪快乐的气场。

你们老一辈——
满脸的皱纹是微笑留下的慈祥，
蹒跚的步履是辛劳留下的沧桑，
失聪的耳朵是自信留下的铿锵，
昏花的眼睛是坚韧留下的光芒。

今天，我们感谢你们老一辈——
教导我们真诚与善良，
赋予我们责任与担当，
要求我们豁达与诚信，
传给我们坚定与刚强。

我们这一代，
时常记起你们的历史辉煌，
经常想起你们的光辉形象。
你们依然是我们的核心力量，
你们依然是我们的人生榜样！

我们也已或将要——
退出以往的工作岗位，
我们也已或将要——
开启全新的生活篇章。
我们会和睦相处，
我们会注重健康；
我们会游览山河，
我们会播撒阳光！

最后，
祝福妈妈小姨——
长命百岁、幸福吉祥！
祝愿寿星二舅——
生日快乐、万寿无疆！

注：2017 年 10 月 4 日我们兄弟姐妹陪伴妈妈分别从北京和烟台前往广州。5 日晚上二舅 90 岁大寿的寿宴在广州花园酒店三楼紫荆厅举行，此诗在此朗读。

洗尽铅华情珍重

我的家乡

（2014 年 2 月 2 日）

我的家乡——蓬莱，因中国四大名楼之一的蓬莱阁而享誉全球，每年的旅游季节都会吸引世界各地的许多游人慕名而来。

蓬莱是我的出生地。从小学到高中，我都是在这里上学读书的，后来下乡也没有离开蓬莱。近 20 岁的时候我参军入伍离开蓬莱，一别至今已 38 年之久。好在可经常回乡探望亲人，尤其近几年探家的欲望强烈，思念之情、留恋之情更加浓郁。

今年回老家过年，又一次感受到蓬莱冬季过年的氛围。与北京春节时段一样，忽然间蓬莱宁静了许多，不见了游人，减少了喧嚣。每天清晨或傍晚，甚至是每个时刻，都可以一个人漫步于海边沙滩，静静地倾听着波涛的翻卷声和海鸥的欢叫声；轻轻地抚摸着细沙的聚合流离和海水的冰心暖意；慢慢地欣赏着蓬莱阁的休闲安静和丹崖山的仙境意蕴。真如古人曰：眼前沧海难为水，身到蓬莱即是仙。

我的家距离蓬莱阁脚下的海边不远，漫步前往只需 30 分钟。不过，每次走出家门都要经过戚继光故里，那永久矗立的、我曾经不以为然的牌坊，今天看上去却是那样的令人充满敬畏感和富有历史感。步行在家门前的古老平房间，犹如我自己走进了那段历史，自然而熟悉地踏在必经道路的磨盘石板上，享受着腥味的海风亲吻、殷勤的寒露探访和清新的空气洗礼。

我的家乡很美，无论春夏秋冬，各有不同的韵味。我爱我的家乡，我赞美我的家乡——蓬莱。

"班级精神"小议

（2014 年 6 月 30 日）

在蓬莱与同学聚会的时候，常有关于我们蓬莱一中七二级七班精神的话题，但都是餐桌上的不经意谈论，我没往心里去。同学之间不断地三言两语对"班级精神"的无意识表达，时间久了，还是触动了我的神经。我心想，作为当年七二级七班的团支部书记，有必要对我们班的"班级精神"的分解诠释进行一次探索尝试，不仅为班级和同学们做一个负责任的代言，而且发扬光大这种"班级精神"，让其传承广远，无论其完美与否。

精神，属于哲学范畴。人的精神指人体对现实物质的记忆以及思维意识对此记忆的演绎。从生物医学或是社会学的角度，都对精神给予了异曲同工的内涵表达和诠释，大致要义包括精气元神、精力体气、神情意态、风采神韵、精明机警、神通生气等。从哲学角度看，是指人的意识、思维活动和一般的心理状态。为物质运动的最高产物。我通俗地从非专业的角度认为，精神属于内在的、无形的、活跃的、外溢的、可传承蔓延的、可感受享用的一种精气神儿。

那么，七二级七班，40 多年前的一群少年男女而今已近耳顺之年的约 60 人组成的一个集体，具有这样一种"班级精神"的特质和特性吗？细分析，还真的有。

首先，40 多年前一个临时组成的集体——七二级七班，至今在蓬莱民间的活动仍十分活跃，情缘不断，招之即来。这就有了相对固定的一个民间组织或是交流平台；当时无意点名"任命"的班级干部，有的现在还在班级同学中间被以原"官衔"称呼，并发挥着作用。尤其还有一批热心的同学在毕业后 40 多年间，经常组织同学聚会，积极发起、组织和参与活动，乐此不疲。这就有了相对固定的组织者和召集人。

其次，随着时间的推移，班级同学们丢弃了那个年代、那个年龄的男女同学之间独有的腼腆羞涩的相处方式，而且能够自然而然、大方豁达地面对面交流，甚至娓娓动听地讲述着少年时期心中封存的"爱情故事"。恰恰这些变化融解了同学之间，尤其是男女同学之间的年少"不说话"的"历史隔阂"，彼此没有了距离感。

最后，班级同学们如同一个大家庭，互帮互助。同学家中遇有大事、喜事，相互之间能够帮忙捧场，有力的出力，有钱的出钱，不计较，不含糊，不躲闪；同学遇有困难，千方百计地想办法予以支持关照；老师过世和个别同学遇有不幸时，能够帮助处置后事，筑台祭奠，悲痛而泣。时至今日，班级同学之间的各种聚会活动更加丰富活跃，时时牵动着班级许多同学的真心与真情。

同学，之所以可以终生感情牢固，是因为在学校期间那种纯情感、真情意的毫无铜臭趋利的以学习文化知识为载体的一种"长期厮守"的交流和相处方式。现代社会几乎每个人都有同学，但是未必所有的共同学习的同学都会终生伴有同学之情。这样看来，七二级七班就与"班级精神"有些关联了。

仔细分析，七二级七班的同学在高中时期，家境富裕的极少，生活比较殷实的不多，来自农村的和家境贫困的城里人占据了绝大多数。高中毕业之后，尤其经过改革开放几十年的努力奋斗，每一位同学的家庭生活和家境都逐渐好了起来，幸福美满的不在少数。但是，属于富豪大款的几乎没有。就是说，七二级七班的同学们基本上都是普普通通的平凡人。

普普通通的平凡人，代表着七二级七班中的绝大多数同学，性格秉性中包含着低调互助、友善关爱、天真朴实、积极向上、与世无争和以义为利的内在要素。"禀性难移"的好处，成全了良好操守和优秀品质的坚持与维护。或者说，这种坚持与维护的自觉或不自觉的相互关照，也就不同程度地相互传递着、影响着这种良好的操守和优秀的品质。今天，无论某位同学有什么事情，同学之间都会奔走相告，慷慨相助，延续着这种真实的感情和情谊。同学之间的有求必应、同学之间的主动帮助、同学之间的感情沟通、同学之间的无话不谈，是一种情谊和情感的抚慰与寄托。这就奠定了七二级七班精神的基础。

精神是一种财富，是一种可以传承光大的富有内涵的正能量。七二级七班的"班级精神"包含着传递善良、继承厚道，弘扬仁义、彰显孝道，展示豁达、表现随和，效仿勤奋、交流感悟，提升境界、修正谬误，维护好人、宣传好事，营造和谐、分享快乐等一系列的中华民族文化之精髓。然而，七二级七班的"班级精神"不是靠兴师动众、一本正经、豪言壮语般的装腔作势去教导和灌输，而是靠推心置腹、风趣幽默、暖人胸怀状的家长里短去影响和渗透。这种"班级精神"潜在的不可抗拒的力量，就像仓央嘉措的诗歌描述爱情那样："你见，或者不见我/我就在那里/不悲不喜/你念，或者不念我/情就在那里/不来不去/你爱，或者不爱我/爱就在那里/不增不减/你跟，或者不跟我/我的手就在你手里/不舍不弃/来我的怀里/或者/让我住进你的心里/默默相爱/寂静欢喜。""班级精神"就是这样珍藏于七二级七班同学的言谈举止之中，影响、渗透、感染并潜移默化地延续着、作用着。

所以，无论是同学间的聚会、家宴和子女婚庆，还是小范围的交谈、活动和毕业庆典，在不同的环境里，同学们始终从善如流、见贤思齐，自觉不自觉地、不同程度地默默发挥着影响和感召作用，形成了一种同学们积极组织、乐意参与、喜欢会集的具有"无利而聚"特征和"有情而往"规律的交流方式，享受着自得其乐、知足常乐、高尚行乐、助人为乐的幸福。

　　人与人之间，可以近，也可以远；情与情之间，可以浓，也可以淡；事与事之间，可以繁，也可以简。人和人相遇，靠的是一点缘分；人和人相处，靠的是一点诚意；人和人相爱，靠的是一颗真心。同学之间的相遇、相处和相爱，却是纯真无瑕的感情和友谊，难以消弭，难以超越。所以，缘是天意，分在人为，缘分是长长久久的相系。每一个人，每一个同学，无论谁，各有各的位置，各有各的价值，各有各的理念，各有各的空间，各有各的爱好，各有各的作用。

　　所以，同学之间无论官大官小、家富家贫、钱多钱少，都无须彰显和有意计较，否则就不会形成这种"班级精神"。同学之间无高官所求、无金钱所求、无待遇所求，只求延续无私纯洁的同学之情。精神的财富同样可以厚积薄发，七二级七班的同学遵循了人与人之间的交往规律和特征，成就了"班级精神"。

　　七二级七班永远是一个班级，永远是一个集体，高中毕业 40 周年之后，依然如故。这就使得七二级七班的"班级精神"得以建立、传承和光大。

　　时光不老，我们不散。七二级七班的"班级精神"，永存不息。

知青情缘

（2014 年 10 月 6 日）

是命运的缘分把我们知青点的同学战友聚集在了一起。1974 年 8 月 18 日，我们 9 男 7 女共 16 名知识青年，响应毛主席"到农村去，接受贫下中农再教育"的号召上山下乡，来到了蓬莱县龙山店公社西扬头大队务农。从此，我们的人生轨迹中便有了你我他。上山下乡是我们这代人的特殊经历，因此结下了我们知青的特殊情缘。

还记得，我们男女知青分住在前后两栋农民家宅吗？你在村里给我们新盖的设有走廊通道的豪华知青点宿舍里住了多久呢？能够回忆起我们集体住在自搭的地震棚里的趣事吗？还记得，因为我们轮流做饭所呈现的大锅饭的不同味道吗？你做饭时曾特别为哪位战友存留过好吃的吗？还记得，冬季翻土地、刨毛草、挖树坑、剪果树，夏季割麦子，秋季刨玉米等这些基本农活吗？还记得，在我们知青点院内西厢房的夜校，墙上张贴的我们书写的诗歌散文和劳动体会等文章，引来无数贫下中农、尤其是年轻人"光顾"，进行学习交流吗？还记得，我们最后留下的五六名知青结合劳动生产和集体生活的真实故事，编排的节目在蓬莱县、龙山店公社和西扬头大队的舞台上演出时，所引起的不小轰动吗？

后来，我们陆陆续续离开了知青点，有的上了技校卫校，有的去了胜利油田，有的去了自行车厂，有的去了变电所，有的参军入伍，等等。我们中也有人经历了工厂倒闭、改行转岗、野外作业、下海经商、求学读书、出国深造，等等。我们的人生道路由此而丰富多彩。

也许我们历经坎坷，也许我们心有不甘，也许我们地位平凡，也许我们生活平淡。但是，人生的那一瞬间，把我们共同劳作和共同生活的每一个情节和细节定格固化、凝练记载、呈现渲染，尤其在回顾和讲述与农民朋友一起过着日出而作、日入而息的面朝黄土背朝天的农耕生活的片段和故事时，更能激起我们下乡知青的那种复杂心绪，会把我们大家一次次地带入到那个难忘的年代和美好的场景，令人思潮腾涌、百感交集。也正是因为我们知青的朝夕相处的集体生活和集中劳动，产生了许多可爱的、可敬的、可笑的、可念的故事、轶事和糗事，也不断加深了战友之间的情谊。时隔几十年之后的今天，我们知青战友分散在各地不同的工作岗位，也依然不能淡化和疏远知青之情。也许正是这种"一个屋檐下"的集体生活经历，融入了我们这批知青战友的缘分中，才形成了不可比拟和替代的情感。

人生犹如攀登山崖，有时峰峦起伏、争奇竞秀，有时荆棘载途、步履维艰，有时一波三折、饱经风霜。道路往往不是开阔平坦，而是崎岖险峻；不是一路顺风，而是磕磕绊绊。我们这批知青所经历的人生，就像走在陡峭山壁上架起的软梯，需要勇气和毅力。现在想一想，我们就是在接到"返城"指标后被安排和分配去工厂、去学校、去当兵、去不同的工作岗位而离开知青点的那个犹如"分道岔"的关键时刻，决定了我们人生的大致轨迹。离开是为了追求，方向却不能选择；离开是为了成长，环境却不够优良。回望过往，我们是真真切切地奉献一生的勇者。如今，我们在人生的制高点上登高远望的同时，也有一种领略"一览众山小"的豪情。这也正是我们这些经历过上山下乡知青们留下的历史印记，成为夯实社会铺路基石的一员。

人生路上，坎坷中顽强，逆境中抗争，寂寞中坚持，无望中自强。上山下乡之后的道路无论何境何况，作为知识青年，我们依然坚守生命的信念，绽放生命的光环，这正是人生意义之所在！

今天，我们时常相聚一堂，回忆我们知青生活的美好片段，畅想我们人生道路的"后半段"。我们知青有着一辈子不能舍弃的情分和缘分，互帮互助、问寒问暖。在无人喝彩的世界里，让我们继续充满信心、乐观从容、面对人生，依然活出自我，活出精彩，让我们永远潇洒自如、美丽灿烂！

尊重和感恩，需要一种仪式表达

（2016 年 2 月 4 日）

这是阳光明媚的一天，也是表达心声的一天。2016 年 2 月 3 日（腊月二十五）中午，在我妈妈家里，我和妈妈、妹妹一起认真策划组织了一次不可思议的比较隆重的高中同学聚会。

每年春节探亲过年，在寒冷的冬季，却时常感到暖意；在久别的家乡，却经常心存惦记。暖意中，含有表达在脸上的快乐；惦记中，含有尘封在心底的情谊。这种不说不知道、不想不深思的感悟，仔细回味，心中的最深处始终珍藏着对同学的尊重和感恩。可是，这种尊重和感恩需要一种仪式表达出来，如何表达这种心迹呢？于是就有了这次家庭聚会的设想。在一次同学宴会上我正式邀请高中同学们到我妈妈家里做客，得到了同学们的积极响应。

准备聚会的几天里，我们把放在地下室库房的老式桌子、板凳搬了出来，修修补补；把几年前的锅碗瓢盆等器皿翻腾出来，洗洗涮涮；把不用碍事的物件收拾起来，掖掖藏藏。聚餐场地和就餐用具有了着落，心里也有了底数。

妹妹作为此次聚会的大厨，那几天忙得够呛。首先列出菜单，然后准备食材，还要制作材料。先后两次到超市大量购物，开车去蓬莱北市场买鱼买菜。当中停车不当被贴条罚款，也为此次聚会留下了深刻印记。在聚会的前一天，妹妹做了大量的准备工作，择洗切焯，腌酱烹炸，展示了一种胸有成竹、运筹帷幄、指挥若定的大将风度。

这天接近中午，同学们陆陆续续来到家里，客厅里的人越聚越多，装不下的欢言笑语也随之飘出窗外，这个场面给这个家带来了热闹的气氛，是动人的，也是生动的。所说的不可思议的比较隆重的聚会，是指在不大的客厅里聚集着 16 名同学，其中女同学 10 人、男同学 6 人，加上我、我妈妈、一直在厨房忙碌贡献厨技的妹妹和打下手的亲戚小英，共有 20 人。

同学们在不规则的餐桌旁边，拥挤着吃饭喝酒，品尝着在小英配合下经过妹妹之手制作出来的一个个口感不错、方法创新的佳肴，赞许之声不断。同时，大家讲故事，说笑话，快乐和幸福溢于言表。看到同学们聚在一起的欢乐场面，我发自内心地高兴和满足，在亢奋的情况下，心里没城府，喝酒无数，最后把自己灌醉，进入了幸福的梦乡。

我们高中毕业近 42 年了，从花季的少男少女到接近暮年的老头老太。在这几十年的时光里，同学的真情没有变，同学的缘分没有散，快乐、和谐、关爱，永远都是同学之间传递和表达的主旋律、正能量。

说到底，我就是想用一种淳朴的民俗仪式表达对同学们，包括没有参加这次家宴聚会的同学们的尊重和感恩。当然，举办这种具有隆重仪式感的家庭聚会不仅仅需要勇气，更需要从心底迸发出来的真诚和热情。不信吗？那就试试看吧！

妈妈的家

（2016 年 1 月 21 日）

2016 年 1 月 21 日早上 6：00 多起床，洗漱、装车、加油，接上妹妹已经 8：30，我们驱车奔向蓬莱老家——妈妈的家。

妈妈知道我们今天回家，路途中给坐在副驾驶的妹妹打了几次电话，嘱咐安全行车的同时，询问行车方位。其含义非常明了：一个是担心，另一个是期盼。妹妹说，妈妈今天下午一定会时不时地从窗台向外探望，查看北京来的轿车。

16：00，我们到达妈妈家门口。果然，车在门前刚刚停稳，妈妈便从楼上下来迎了过来。

我下车后的第一件事，就是与妈妈来了一个大大的拥抱，并在她老人家的耳边说：我要深深地感受妈妈温暖的关怀！妈妈听后拍着我的后背，高兴得哈哈大笑！

妈妈盼望我们回家过年，因为这是一年中唯一的一次相聚。原本与妈妈商量好，2015 年国庆节长假期间，我不回蓬莱，选个南方旅游城市踩踩点，春节去南方过一个不一样的时尚新年，妈妈是同意的。可是，年底与妈妈说起这件事时，妈妈又改变了主意：国庆节不回来，春节还不回来吗！妈妈的口气里明显包含着埋怨。不妙！要抓紧回到妈妈的家、回到妈妈的身旁。所以，学校放寒假的第二天便赶忙驱车回到了蓬莱——妈妈的家。妈妈高兴了，我也很开心。

妈妈不愿意到子女的小家里生活，哪怕把"家中权力"交给她老人家，她也不习惯、不喜欢，她总觉得不自在、不自由。只有到了她自己的那不足 150 平方米的"一亩三分地"，才真正有了"主人"的感觉，在自己家里说话都会"理直气壮"起来，做家务事也放开了手脚。我想，这与妈妈一生与世无争、善待他人的性格有关吧！

妈妈不愿意看电视剧，很少看综艺节目，非常喜欢看新闻。最近，妈妈的精神头十足，一直关注国内外新闻。中国台湾选举前后的活报剧、俄罗斯普京总统智斗土耳其、习总书记提出"一带一路"倡议和亚洲基础设施投资银行开张等国内外、境内外的新闻报道，都是妈妈眼中一道道的"大餐"。妈妈还有几个新闻同好者，这些老太太们在一起剪报纸、议新闻，相互交流，各抒己见，乐此不疲。妈妈是老党员，对党忠心耿耿。关心政治时事和国家大事，成为妈妈生活中不可或缺的重要组成部分。

妈妈的生活中还有一个重要内容，就是整理家务，打扫卫生。今天，我们第一次走进妈妈的家，地面光亮如镜，物件摆放有序，桌面一尘不染。妈妈接电话、看报纸的位置处，放大镜、眼镜、台钟、日历、笔筒、字典等随手拈来；摆放照片的位置，主次分明、辈分有别；厨房里锅碗瓢盆、油盐酱醋各有各的位置，摆放整齐、存取自如；就连卫生间都是整洁、干净、明亮的。我赶忙拿出手机拍了几张家中整洁漂亮的照片，发到朋友圈，因为我们的到来，家的环境将会被暂时"破坏"得乱七八糟。

如果说，妈妈身边有子女或是有保姆的话，妈妈的家如此干净整洁有序不足为怪，然而这是85周岁高龄的妈妈一个人在家完成的"杰作"，这就不得不令我们敬佩和敬仰了。不过，我们知道妈妈的这个"杰作"不是因为迎接我们的到来，不是因为过节而为，而是天天这样，年年如此。

我非常喜欢妈妈的家，不仅喜欢妈妈家的味道，更喜欢陪伴在妈妈身边，坐在电视机前陪她一起吃水果、聊家常、看新闻。

这次回来，我没有过早地告知同学、战友和朋友，减少一些应酬，只是为了陪妈妈在她自己的家里过上几天不被人干扰、不让她老人家担心喝酒的清静舒适的家庭生活。

妈妈的心境

（2016 年 2 月 9 日）

蓬莱驻军第一干休所在蓬莱中心区正西的位置，早年算是比较偏远的地方，随着城市的发展变化，现在也属于核心地带了。干休所距离蓬莱阁四五里地，步行不足半小时即可到达蓬莱阁脚下。干休所所部的所长政委、干部战士、维修保洁职工，为仅剩的 11 位抗日战争之前的老干部和遗属们服务。更重要的是院内还有食堂和卫生所，这是鳏寡孤独老人们最好的居住地。妈妈的家就在干休所这个安静、整洁、安全的小院内。

春节前，我们兄妹三家人陆续来到妈妈的家，按照以往的"惯例"各自走进自己的房间，摆箱子、取小件、挂衣服，女士们还要安放自己的化妆品，房间里很快变得拥挤。妈妈左看看、右瞧瞧，不时地解答一些生活细节的问题。其实，子女们回来之前，妈妈早为大家准备好了挂衣架、棉拖鞋，床单都是新换的，按照每个人的生活习惯将各自常用的被子、枕头等床上用品都提前放在了床头前。

当大家从房间涌出来的时候，妈妈的家一下子热闹起来，声音大了杂了，东西多了乱了，桌上摆放的各种小吃、水果也稀里哗啦地抓到了各自的手中、送进了自己的嘴里。此时，各人的嘴巴还是没有被堵上，大家不停地说着笑着，久违的话语连着"嘎嘎"的笑声，此起彼伏，屋顶都要被掀掉了。妈妈耳朵不灵，面带微笑不说话，也没有跟随喊喊喳喳的话语而做出任何反应，像是思想家一样不闻不问，思考着全家人春节期间吃饭睡觉的"大事儿"。

前不久，妈妈在街上遇到子女们爱吃的地瓜，怕一次买多了搬不动，就和妹妹一起反复多次地买了两大纸箱子，并说："地瓜怕冷，苹果怕热。"于是妈妈把地瓜放在了客厅阳面的窗户下方，慢慢蒸发着水分，使其泛出甜味来。这次回来，我们在烤箱里反复烤着地瓜，每人各取所需，将滚烫的地瓜从一只手上掂放到另一只手上，小心地揭开地瓜皮，试探性地咬上一口，瞬间一股浓浓的香气飘散开来，嘴里品着烫着，好像似醉非醉地感受着妈妈给予的这暖暖的幸福甘甜。

一年里，妈妈把女儿从美国带回来的好吃的东西存放起来，虽然有些吃的东西注明了期限，但妈妈看不懂上面的外文，统统留着，子女们回家后才拿出来给大家分享。虽然有的食品过期了，但为了让妈妈高兴，我们也不顾这些细节，纷纷拿在手上送进嘴里，享受着妈妈的这份关怀备至的爱心与呵护。

妈妈一直教育我们，兄弟姐妹无论何时何地都是一家人，彼此之间要注意维系、维护和培养感情，正是这种不断的深入人心的教诲，令我们兄妹之间没有利益冲突、没有房产之争、没有距离之感，大家相互信任、关照、帮助，直至今日。我们享受着大家庭成员之间的血脉亲情和兄妹情谊。

这些天来，妈妈在我们耳畔絮叨最多的是两件事。一是家庭的历史故事。每次回忆都是娓娓道来，充满激情，述说着她老人家一生的坎坷、遗憾和追求，教育我们知足常乐、学无止境。我们每次听这些老故事，都会有新的细节发现和新的生活感悟。二是我们的健康问题。什么吃饭太快啦、睡觉太晚啦、活动太少啦、喝酒太多啦，等等。妈妈还认真地翻箱倒柜，把爸爸当年喝酒的小酒盅翻腾出来，交给我说："这是你爸爸当年喝酒的酒盅，每次都是喝有数的几杯酒。你看看现在，都是用大杯子喝酒，看上去都吓死人了！"我笑得眼圈里泛着泪花，体会着妈妈的心痛和关爱。

在妈妈的家里感受妈妈的心境，感受妈妈心里包含的爱心关怀、痴心付出、贴心温暖、诚心教诲、细心呵护。妈妈的心把我们这些已经50多岁、近60岁的小辈和小辈的小辈们的心温得暖暖的、柔柔的、甜甜的。

妈妈的情怀

（2016 年 2 月 10 日）

我们在妈妈家里过年的时间已接近尾声，返回各自岗位的日子屈指可数了。我们的心也开始纠结起来。妈妈嘴里也时常嘟囔着：时间过得真快啊！那种恋恋不舍的心情溢于言表。

我不由得想起了妈妈的情怀，妈妈的情怀是由来已久的。她对家人的亲、对亲人的爱、对他人的好，都会在工作和生活的细节中体现出来。记得妈妈对我们说起过，当年妈妈在卫生局的工作岗位上，一年下来几乎没有休息过一整天，不仅让那些家住乡下的同事回家，自己始终坚守岗位，而且为前来咨询、求助的所有乡下人、复转军人给予最大的关心和帮助。当年，爸爸在长岛要塞区工作，我们都很小，家里生活拮据。那时，如果只是我们兄妹几个，家里的生活会好得很多。可是，我们的大姑、小姑和叔婶们的家里更贫困多难。爸爸是军人，所以当时的亲戚们认为我们家的生活比较富裕，所以亲戚们有病了来我们家，过节前来我们家，生活需要帮助时也来我们家。妈妈从来不解释、不推辞，就把自己家的生活费掰碎了花，今天给这家，明天给那家，让自己的真情维系、维护着这样一个大家族的亲情。政府大院的叔叔阿姨曾不解：他们家子女的穿戴和吃喝就像"叫花子"一样。妈妈回忆说，那时四合院里几家人吃饭，别人都在院子里，我们躲在屋里。后来，父母还让亲戚的子女参军，帮助他们找工作、找对象，帮他们成家立业，问寒问暖，期间的酸甜苦辣尝尽。我们问妈妈为什么这样做？妈妈说，社会上不认识的人遇到困难我们都会伸出手去帮助他们，一个大家庭的亲戚，我们不能看着不管啊！嗨！真的希望妈妈的真情能够在家族里传承和扩散。但是妈妈从来不求回报，也毫无怨言，我从心底感受到了并敬佩妈妈的这种大爱无疆的无私情怀。

长大之后，上山下乡、参军入伍、转业任职，一晃 40 多年过去了，享受妈妈的情怀一直没有停止，也从来没有知足。心中对妈妈的爱也仅仅散落在平时电话的问候和见面时短暂生活的交流而已。

上次探亲返京时，我们坐进车里后从后视镜里看到妈妈一步步往前挪动、手也不停地在空中摇晃着，汽车将拐弯时，妈妈转过身去偷偷擦着眼泪。这一幕烙印在脑海里难以忘记，让我心酸心痛心碎。这次回蓬莱大家商量，离家时我们一部分人先走，让妹妹再住一些日子，缓解家人全部撤走、突然间又留下妈妈一个人这种被闪了一下的寒心感受。

　　前日，深夜想到离开妈妈时的情节，梦醒时分，从床上一骨碌地爬起来，站在妈妈的角度、军人的位置，提笔写下这段文字。今天，把它作为这次春节过年生活的结束语吧。

妈妈想你了

短暂的假期将过，
急迫的归期已到。
知道你，
留恋着家里的温暖；
知道你，
惦记着连队的军号。
送别的双脚挪啊挪，
送别的双手摇啊摇！
还未离家，
就盼望你的归来，
还在面前，
就想念你的容貌。
来时那么突然，
只见到了你的成熟，
却忽视了我的衰老。
走时那么仓促，
只接受了你的军礼，
却忘记了我的拥抱。

一年一年地过去，
家中缺少了你的身影；
一年一年地到来，
家中增添了你的喜报。
孩儿，
妈妈想你了，你能回来吗？

一年一年地过去，
部队磨砺了你的意志；
一年一年地到来，
部队成就了你的骄傲。
孩儿，
妈妈想你了，你能回来吗？
妈妈真的想你了，你快回来吧！

心灵的怀念

（2016 年 4 月 3 日清明节前夕）

在我的心底永远保留着一块圣地——怀念！这块圣地在心底长久封存，一旦触碰就会从灵魂深处泛起惆怅、感念、怀想，放不下而久久不能释怀。

今天——清明时节，我和家人前去为父亲扫墓，擦拭、拂尘、净位，请花、送花、敬花，口中缓缓独白，心中默默祷告，突然产生一种难以言喻的心痛和思念。

父亲于 1999 年 10 月 23 日离开我们，至今已经 16 年半的时间了。今年恰是他老人家 90 诞辰，让我不由得想起许多往事。

父亲军旅生涯，戎马一生，南北转战，陆海交替，军地共事，军政皆优，在长山列岛坚守 20 余年，与家人常年两地分居。

父亲是我一生崇拜的偶像，在我看来他老人家无所不能，文化底蕴深厚、哲学运用自如、领导艺术精湛、演讲文采俱佳、与人相处为善、做事干练果断、书法信手拈来、厨艺无师自通。在家庭中，他有时格外严格，有时分外慈祥，经常用历史典故和名人传记启发教育我们，使我们至今受益匪浅。我和父亲在一起生活的时间并不长，我们偶去岛里探望父亲，父亲有时一个月或几个月出岛回家团聚一两天。我 1974 年上山下乡当知青，1976 年参军入伍当战士，从此远离家乡，远离父母。1971 年父亲在岛外任职并派驻蓬莱"支左"，不久被地方党代会选为县委书记。在任期间，他爬山越岭，走遍了全县的村村落落，与农民兄弟结成好友。在抓革命促生产的要求下，他尤其强调促生产，抓典型、树能人，留下了不可磨灭的功绩和印迹！

父亲离休后，我每次探亲回家便可以与他深入交谈，因此一次次地感受到父亲——作为一个老军人的优良品质和坚定信念。后来，看到他与病魔做斗争的坚强意志和乐观态度，一切的一切、一幕的一幕都深刻地烙印在我的心里，记忆犹新，难以忘怀！

妈妈的家里和我们自己的小家里，都摆挂着父亲生前照片，每每看到他老人家的照片，都会感觉到他仿佛还在我们身边，没有离开我们。的确，老爸永远活在我们心中！

清明节来临，让我们缅怀已逝的亲人们。在我心中的这块圣地里，还有先后离我们而去的大舅妈、岳父、二舅妈、小姨父和大舅，还有兄弟姐妹的亲人们。这是令我们伤感的圣地、怀念的圣地、祭奠的圣地、祈福的圣地！

老爸安息！逝者永安！

快乐的童年

（2016 年 7 月 10 日）

我的童年，虽然没有遇上好的年代，却遇上了好的伙伴儿。我从小学至初中的童年生活大都是在蓬莱县人民政府委员会机关大院儿（简称人委大院儿）度过的，后来上高中时，父亲从长岛出海任职，我们才搬迁到军队大院居住。回忆我的童年生活，那是一段幸福快乐、难以忘怀的美好时光。

记得那个时候，业余时间最愿意"动"的是打篮球，最喜欢"静"的是玩美术，最感觉"酷"的是去赶海，最情愿"恋"的是做木工。

打篮球

打篮球是人委大院儿小男孩们娱乐活动的主项。那时，我们经常进行篮球约战，也就是这个院儿和那个院儿的子弟之间进行友谊比赛。但是，在球场上一开始讲友谊，到最后输球一方往往会有一些不友好的表现，相互拌嘴时有发生，当然不会动手打架。"友谊第一、比赛第二"的口号叫得很响，输球后回家还是寝不寐、饭不香。平时训练主要是个人练习三步上篮和投篮，人多了就打半篮。比赛场上基本上也是各打各的，没有教练，没有组织，没有战术，拼的就是个人技术，往往谁抓着球也不传，自己横冲直撞带球上篮，球进了还好，球不进就会遭到埋怨：太贪球了！不过，无论如何，打篮球都是兴奋的、快乐的。

人委大院儿的高年级大孩子和我们这些低年级小孩子都分别凑不齐一个篮球队，合并比赛就成了必然。平时训练也会在一起，开始有些小配合训练，譬如一人带球牵制对方，另一人迅速插入篮下，一旦摆脱对方看守，球传递过去，机会就有了。或是带球插入，将对方看守引到自己身边，另一个人在外围自己最喜欢投篮的位置上，无人看守，球再传过去，就可以毫无顾忌地投篮了。有时我们看见大哥哥们一个潇洒的动作，私底下就会模仿训练几十遍甚至上百遍。譬如有一个三步上篮的动作，第三步拔高时胳膊要向上伸直，手掌要里翻外挑，使篮球略为旋转地进入球筐，跳起时两个小腿在大腿的带动下前后交叉微微弯曲，形成一个类似舞步的展示动作在空中暂留片刻。比赛时，这个动作做得美酷了，球又进了，一定会引起场外的一片叫好声、欢呼声，此时心中窃喜，疾步返回后场以掩饰心中的小激动。可惜当时没有录像机把这些潇洒的动作拍摄下来，也没有照相机拍摄一些打篮球的激烈场面和漂亮动作，非常遗憾！

那个时候，最时髦的就是一套上档次的行头。重要标志就是脚上的回力牌篮球鞋，那时称之为"大回力"，如果有一双青岛牌白色的大回力篮球鞋，走到哪里也藏不住心中的喜悦，有意无意地都会突出脚上的球鞋，甚至把脚抬起来做二郎腿状，轻轻地抖着脚，生怕别人看不见似的。做其他事情，也不会忘记脚上还穿着心爱的球鞋，担心弄脏了、弄坏了。洗刷大回力篮球鞋是个功夫活，洗刷后再用白色鞋粉涂在鞋面上，然后晾干，敲打下来多余的粉末，篮球鞋就会雪白锃亮。经验告诉我们：肥皂水要冲洗干净，用过白色鞋粉后不能暴晒，否则容易变黄。运动套装更是不可或缺的重要装备，包括背心、短裤，如果有全副武装的一套长袖短袖球衣和"大回力"鞋，先不管球打得如何，这一身行头就会让人在球场上兴奋表现，往往结果也非凡。记得球衣式样时常变化，今天兴这个式样，明天兴那个颜色。其中天蓝色小翻领的高支纱棉毛球衣，是后期大家追求的最上档次的质地和款式。有了球衣套装和球鞋还不算完，必须印上自己喜欢的号码，我印过6号、9号、11号，只要有机会都会穿在身上引以为自豪。

说起来很有意思，那时候我们这些小屁孩儿愿意和大孩子一起玩耍，经常去找他们、缠他们。开始的时候，这些大哥哥们不愿意带我们玩儿，只用一些简单的理由或者一句话就把我们给打发了。不过，冷酷残忍地拒绝并没有甩掉我们，我们像跟屁虫一样不离不弃，锲而不舍，甚至利用他们的亲兄弟、我们的好球友迂回地接近他们。尤其是他们打篮球人手不够时，我们就"乘虚而入"，成为他们篮球场的一分子。这个时候的我们，牢记心中的主要任务，就是"套近乎"，所以在场上不贪球，抓住球后，想尽一切办法把球"喂"给他们，让他们多展示风采。功夫不负有心人啊！我们终于成为他们的"指挥棒"和"跟屁虫"。其实我们特听他们的话，都是毕恭毕敬的，何况我们也很优秀啊！

这里需要报出人委大院儿自发的篮球队成员了。他们是：高尚禄、王宪法、周敏、孙永平、高国会、王政法、王建国、戚克武、唐艺、高质禄和我。这其中我年龄最小。

去赶海

大孩子带我们玩儿的项目还有就是游泳和赶海。我们去海边浴场游泳，经常是太阳落山后，有时还会在下雨的时候前往。有一次，我们傍晚时分在海边游泳，视野之下没有人影，大家都光着屁股入大海，突然看见有人走过，稍近时看出是两位女性，我们大喊："强奸妇男了！"一窝蜂地冲进大海。后来大家回味，什么是"妇男"呢？

最有情趣的赶海是在蓬莱阁下，退潮后露出一大片石礁，我们把做好的网圈拴上鸡肠子之类的食物放入石礁缝里"守网待蟹"，一会儿工夫贪婪的大螃蟹就会进入网圈里，我们慢慢提起网圈，抓住入瓮螃蟹。记得有一次宪法、政法哥俩和我在军港码头对面的一个石礁上钓鱼，正在兴头上，都没注意海水涨潮已经漫过了通往石礁的石阶。宪法哥让我先上岸，抓紧把他的鞋送回石礁。我小心翼翼、东倒西歪地走出石礁，拿起宪法哥的鞋再看海水已经涨潮很深了。宪法哥看出我的担心，说："别过来了，把鞋扔给我吧。"石礁离岸边有五六米的距离，我比画了半天也没敢扔。宪法哥有些急："快点，再不扔过来，我们就出不去了。"我又重新比画，一使劲儿，但见一只鞋"嗖"地飞落到了离他们石礁一米开外的海面上，眼看着"晃晃悠悠"地慢慢沉入了海底。我的心也随那只鞋沉了下来。哥俩先后蹑手蹑脚地走了出来，宪法哥的那只没穿鞋的脚底下，被石礁上锋利的牡蛎壳割得一道道口子，惨不忍睹。

我们赶海回来，有时把海参、海蜇等"海物"拿到我们家旁边空闲的独门独户的房子里自己弄着吃。拿小刀随便切了切，用从家里"偷"来的油盐酱醋、葱姜大蒜调味拌菜，喝着不知是谁从家带来的啤酒，大家"寻欢作乐"起来。这间小房子门上挂着一把铜锁，我已经注意多时了，铜和铁是可以卖钱的，当然铜会更金贵。有一天，趁无人之时，我做了一把"万能钥匙"打开锁，把锁带走给卖了。从此之后，我惶惶不可终日，担心害怕，不敢述说，见到警察叔叔就紧张，总觉得他们哪一天会把我抓起来。嗨！真切理解"做贼心虚"的含义了。

玩美术

玩美术也分先后、分档次。最开始，跟着宪法哥学写各种美术字，包括黑体、宋体、仿宋体，后来自己又练习掌握了美术体、隶书体、魏碑体。在易三联中上学时，代表学校在大街上书写大字报。当时的"谱"、现在叫"范儿"也是很大的，由学校的老师组织学生找到位置后，贴上报纸或粗糙的大白纸，把墨汁倒好，一切就绪后才叫我出场。我把早已准备好的宽度适宜的长型海绵折叠起来用铁夹子夹好，蘸上墨汁就开写了，不用丈量框架，更不用铅笔之类写出字样，打出底稿，而是胸有成竹、手到擒来、一气呵成。上初中和高中时，学校的黑板报都是我来组织，大标题都由我来书写。下乡时，农业学大寨，一个冬季都在村里写大标语。当兵到38军后，赶上军队与地方开展"军民共建"活动，由38军司令部直属工作处组织到农村的街道，我站在台架子上用红油漆书写各种各样的大标语。在书写时，大小字的约束线都不用画，用一个木棍上下左右比画一下，我站在木架上用左手从左边开始写，再换到右手写到右边，挪一次架子可以多写几个字，这样的"表演"引起围观群众不小的轰动。38军开大会之前，礼堂的会标也让人用专车接我到军部展示艺术字、美术字的功底。后来提干了，我的工作也逐步以写文章代替写大字。电脑普及后，也就不再用手写会标等大字了，因为电脑代劳了，我这一身写美术字的功底也就随时代被荒废了。

在初中时，我大舅从北京为我购买了绘画放大尺，我如获至宝，几乎天天放学回家都鼓捣这个放大尺。那时有一种毛主席画像，轮廓明晰，仅用红白或红黑两色，可用放大尺绘画，一头的针尖对准画像轮廓的边缘走线，另一头的铅笔就会按照设定的大小放大绘画画像，能够做到非常准确地放大。由此我也逐步掌握了九宫格的道理和方法，从此开始学画照片，一发不可收。我还有一项手工美术爱好——剪纸。那个时候，我的剪纸技术达到了炉火纯青的水平，线条再细、图案再密、难度再大，都不在话下。记得那时有五六个同学在我家一起玩放大尺和剪纸，最后就我一个人忙到半夜，晚上大家睡了我家满满一炕。1969 年"九大"在北京召开，举国欢庆。我们七〇二排（班级）代表易三联中抬出的 9 块象征"九大"的黑板展板，大都是用我的剪纸粘贴布局的，当时感到非常荣光。

做木工

做木工是我小时候最迷恋的事情。想不起来从什么时候开始喜欢上了木工，我经常利用休息时间去木器厂里最南端的木工房学艺，观察木工师傅怎样锯木刨板，怎样画线打榫。我对家里从木器厂购买的树木板皮等下脚料进行筛选，把中间部分较厚、没有较大巴结的板皮剔出来，将两边很薄的地方用斧头砍掉，再把树皮剔下来，就成了一批木板半成品了。然后将宽窄不一的半成品刨成木条，又根据宽度需要，熬胶把一块块板条粘连成木板，厚一点的当框架支撑或家具腿，画线打榫，留有余地。安装组合成形后，锯头刨面，安装五金，成品出炉。当时我家的餐具饭柜和小饭桌等都是我放学回家后制作的。其中的饭柜用的时间最长，后来还改作成家里的牙具柜。20 世纪 90 年代末，军队干休所组织粉刷各家各户的住房，我从部队回老家探亲，才亲手把这个"历史文物"淘汰了。由于小时候喜欢，一直不愿放弃，先后在北京商店和天津市的"跳蚤"市场上淘了许多木工工具的珍品，至今保留。

我现在北京的家里，还有一个很长很厚较宽的案板，正面有四个抽屉和两个双开门柜子，作为我木工制作时的操作台，平时用的木工工具都放在里面。还有一些好的精品工具都收藏起来了，时常拿出来欣赏，不舍得用。最近又从北京朝阳区酒仙桥附近的 798 艺术区购买了几本进口的带有彩色图案的木工操作手册，设想着退休后，把这个小时候学会的"本事"再挖掘出来，做一些小手工工艺品，同时提高一下手艺，更符合自己现在的年龄和身份。

我生命中的贵人

（2016 年 7 月 12 日）

20 世纪 60 年代末，我在蓬莱易三联中读初中，我的班主任是于荣业老师。在我的心目中，她不仅是严格的老师，更是慈祥的母亲，她的教学不是生硬地灌输知识，而是利用方法引导。就是说，她不是授人以鱼，而是授人以渔。

于老师非常讲究仪表，无论什么年代，她都会把自己打扮得潇潇洒洒、漂漂亮亮。她很喜欢又长又厚的大围脖，一头搭在胸前，另一头从左肩上方甩到后面，冬季上课时也会利用围脖表现出自身的优雅魅力和高贵气质，令人羡慕和赞美。她身上散发的香味飘然四溢，清香耐闻，女人味十足。我们非常爱戴她，不允许任何人在我们面前说她的坏话、风凉话。这些只有今天才敢于表达，那时虽然十分呆板懵懂，却知道美为何物，在不会表达、不善言辞的年龄段里就把对老师的敬像对慈母的爱，封存在了心底的记忆里。

我的班主任于老师，高兴的时候会开朗地大笑，她笑声洪亮，笑容可掬，尤其那"嘎嘎"的笑声一旦展示，穿透力、感染力极强，我们听到她的笑声就会放松。于老师是个爽快的人，说话直来直去、不藏不掖，对谁好就会挂在脸上。于老师对杨清溪校长印象很好，在教学工作中对杨校长的工作给予大力支持。杨校长也愿意到我们班级来转转、看看，有时会在于老师的鼓动煽情下，走上讲台给我们说上几句话。杨校长的眼睛有点小斜视，以至于我在自己的座位上从来不敢东张西望，总觉得他一直都在盯着我似的。当然，我也不是为了表现认真而假装听讲，而是他说话非常幽默风趣。还有教我们物理的梁新军老师，对教学、对学生实在、认真，于老师与他的关系也很好，他们工作上相互信任、支持，一文一武教出了一批一批的好学生。

"文革"期间，我们班级受到于老师的影响很大。当时，有的班级参与"打砸抢"和所谓的"闹革命"，而于老师在班级用比较含蓄的口吻表达学生不了解情况，不应参加"文斗武斗"。所以，我们班级在教室外的一个山墙上贴的大字报都是从报纸上摘录的内容，不涉及学校的领导和老师。但是参加学校组织的有意义的活动，于老师就会调动我们的积极性。暑期放假，学校要求我们接受贫下中农的再教育，到农村参加义务劳动。记得一个暑期参加麦收，同学们用镰刀割麦子，细皮嫩肉的小手都磨出了水泡血泡，我就带上磨刀石和紫药水什么的在休息时间里为大家服务。后来于老师把这些事情告诉了学校，学校为此还排练了节目在礼堂演出。当时各班同学们都到学校的大礼堂现场观看演出，突然全体师生都站起来回头寻找我、望着我，我坐在那里很不好意思。于老师也在那里俏皮地喊："志鸣啊，演的是你呀！"

我们班级还代表学校养过猪，同学们像看孩子一样看管小猪仔，从各自的家里带吃的喂猪。小猪吃的虽好，却不长膘，大家急得团团转，于老师从来不埋怨。我代表学校去烟台学习烧砖、烧石灰、烧水泥，除了水泥制作需求的成本高、炉子建得小、没有坚持之外，其他都成功了，红砖黑砖和石灰都卖给了需要的人。我们还建起了学校的"五七工厂"，编席编筐做手工，还进行了一次作品展览，邀请其他学校参观践学，我制作的作品如木工刨子和手编筐等也进行了展出。于老师对于这些事很放手，她的观点是学生以学为主兼学别样，对于孩子做这些事情，知道过程就好了，不必特别苛求结果。但是，她让同学们写作文时，要求把细节和感受结合起来，一边思考、一边体会。

于老师对学生要求很严格，同学们心里还是很怕她的。她不希望女学生大大咧咧的，要求女生要矜持内敛一些。男生要敢作敢为，敢于闯荡，有正义感。然而，于老师对我的教育，用的却是呵护关心帮助的方式。她每次喊我的名字都是"志鸣啊！"就这一个"啊"字的声调里，却包含着不同的情绪，可以理解为批评、埋怨，也可以听出关心、疼爱。我从小不爱抛头露面，性格内向，说话腼腆，于老师都会照顾我的情绪和感受，从来不刺激我。有一次，于老师在课堂讲评作业，有批评我的意思，虽然语言很含蓄，还带有安慰试探的口吻，可我还是不好意思地低下了头。于老师立马说话就拐弯了，又表扬起了我，让我心里很受用。还有一次，于老师让我到她家里，她们家的人正在吃饭，我就坐在老师家西屋的炕沿上等她。于老师选择这个时候让我去她家是为了缓解我的心理压力。不一会儿，于老师拿着我写的一篇作文走进来，递给我："志鸣啊，你看看你写的这篇作文内容是不是太少了，还不到半页纸呀！"接着于老师就从不同角度观察、怎样组织语言等方面启发我。说着说着，我害羞得眼泪都要流下来了。于老师也不再说作文的事儿了，跳出作文的角度，鼓励我要好好学习文化知识。

如果从孩提时代看，我的一生绝对不应该用写字和说话作为工具闯荡社会。恰恰相反，我从军队提干之后，就与写字说话结下了不解之缘。在军队从事思想政治工作，在大学担任校领导，都是靠语言生存的。回忆往事的一点一滴可以说明，成就我、启蒙我的于老师，就是我生命中的贵人，她没有采取极端的手段打击、放弃一个性格内向、说话腼腆的人，而是用启发、鼓励和关爱的方式，在我的心底深处埋下了成就自我的说话、写作的种子。所以今天，我发自内心地要感谢我的班主任、我们敬爱的于荣业老师！

聚会的意义之所在

（2016 年 7 月 31 日）

1960 年前后，在蓬莱县委、人委机关大院儿生活的子女们，2016 年 8 月 20 日在蓬莱君顶山庄会议厅隆重举行别开生面的大聚会。

当年，蓬莱县委和人委的干部子女，分别生活在相对封闭的两个机关大院里，由此形成了家庭、大院和学校三个活动区域，也就产生了三个朋友圈。

家庭的兄弟姐妹之间的关系，一般情况下毋庸置疑是最亲密无间的，虽然男女分拨玩耍，但在家里还是大的护着小的，小的跟着大的。这是血缘关系决定的，不可改变。因此，这个圈子原则上说，也是最无私的、最牢不可破的。

学校同学的圈子，在一个时段内是固定的，所谓的时段就是年级分班的结果，有一种缘分的注定。这个圈子都是在一起两三年、三五年的小学同学、初中同学和高中同学，虽也偶有吵嘴打架不说话、你争我抢闹别扭的时候，但是更多的时间还是好同学、好朋友。因为没有利益关系的铜臭味，只在学习上互相帮助、鼓励和影响，所以建立起的感情是真挚的、长久的。这种感情虽然仅是同学情、朋友情，却会随着时间的推移而不断加深巩固。事业鼎盛时期，志同道合的同学成为合作者、帮衬者；接近五六十岁的时候，这个圈子的真情会更加凸显出来。大学同学有所不同，尤其工作后上大学的同学时常有建立人脉、笼络人心的嫌疑。

两个机关大院儿的朋友圈子却有些特别。因在一个大院儿居住生活，父母之间的工作又相互有交集，小孩子们主要是学习生活之余在一起玩耍建立了亲密关系，最终成为伙伴、闺密、好友。这个圈子的人相处时间不固定、长短不一，男女之间几乎没有交流，甚至不认识，还不像同班同学一样，在一个教室里你看着我、我看着你，不说话也知道谁是谁。当然，同学加好友的感情就会更加浓厚。这个圈子的人有些特点：可以瞒着父母一起做傻事和蠢事，可以藏匿小伙伴儿的秘密和隐私，可以心无旁骛、忠心耿耿地为伙伴儿"两肋插刀"。那是童心无忌的年龄段，也是天真无邪的少年期，小孩子们无知无畏，却有情有义；无忧无虑，却有哭有笑。

当然，还有与家庭有关的亲戚、与同学有关的朋友、与大院有关的其他伙伴儿，都是与上述三个圈子紧密联系而自然生成和逐步发展的外延者。

这次 50 年前的机关大院里子女们组织发起的聚会，得到了众多童年发小的响应，并纷纷参与。各位兄弟姐妹、各位朋友，大家是否想过，我们两院的子女聚会的意义是什么呢？是吃个饭喝个酒？是说个话聊个天？是认个人叙个旧？这些显然不是组织聚会的初衷，起码不是组织聚会意义的全部所在。那么，聚会的意义到底是什么呢？我想，至少可以从四个层面加以理解：一是续真情，二是撒善心，三是凝福气，四是增友谊。

第一，为什么是续真情呢？首先这个"真情"早就存在，50年前已经生成、加固、铸就。如果长此"断档"，这个"真情"就会付诸东流，所以要接续上。

家庭的兄弟姐妹从不分离，即使远隔千山万水，也会经常书信来往，信息不断。同学之间总会遵循先忙后聚、先疏后密的规律，一旦聚在一起自然打得火热。大院儿时"随意组合"的伙伴，难以成为一个有"组织"的行为。除非在同一个地方工作生活，否则难有交往沟通，尤其经过信息不通畅的年代后，更是杳无音信。有真情，却被地理位置和信息不畅所阻隔，那么就要找一个机会和场合把大家连到一起、拢在一起，把封存多年的真情接续起来。所以，续真情——对于当年大院里这些儿时的伙伴而言，就成了聚会的重要目的之一。

第二，为什么是撒善心呢？我们这些干部子女出生在"人之初、性本善"和战争年代洗礼的根红苗正的家庭里，经过"夜不闭户、路不拾遗"的讲究规矩、践行孝道、崇尚善心时代的陶冶净化，受到父母——都是党的人和革命干部的言传身教，骨子里都具有善良、厚道、仁义、豁达、勤奋的基因。这些正能量的基因，已经通过各自的岗位和环境得以展示，如果把这些正能量收集起来，其力量是巨大无比的。聚会就是一次正能量的集合，在这个场景中自觉或不自觉、修饰或不修饰的交流表达，一定都是传递善良、彰显厚道、弘扬仁义、表现豁达、展示勤奋，其内在的教义、感悟、领会都将发生潜移默化的积极作用。每个人之间都会相互影响、相互学习、相互效仿，有心人还会将这种影响和效仿的善心与善意，传递给身边的子女们和孙子辈们。这是大大的善心传递和善意光大啊！

第三，为什么是凝福气呢？福气，福分也，即人生享福之运气。福气体现在哪里呢？我认为，生长在一个优秀的家庭里，你就是有福气的；结识了一个好老公、好老婆，你就是有福气的；遇到了一个好老师、好领导，你就是有福气的；身边有一批好伙伴、好同学、好战友、好朋友，你就是有福气的。这是一种可遇而不可求的缘分，更是一种可望而不可即的福分。恰恰，我们既有了这个缘分，也有了这个福分。这就是我们两院子女的福气。当然，我们是唯物主义者，不信奉宿命论。如今我们所追求的福气就是身体健健康康、心情快快乐乐、家庭和和睦睦、日子平平安安、事业红红火火、生意兴兴隆隆。我们的这次聚会，就是要把这些福气凝聚起来，相互传递、发散、影响、渗透，成为我们两院子女幸福生活的一个里程碑。

第四，为什么是增友谊呢？50年前儿时的真情需要发展和光大，尤其经过50年的分离和阻隔，昔日的童年变成了今天的中年或老年，容颜的变化、性格的变化、环境

的变化，当初打得火热的小伙伴，如今见面时也许会恭而有礼，客气寒暄。但是，我们毕竟有历史根源和感情基础，许多儿时的伙伴和闺密也已退休或退居二线，又到了一个没有利益关系却有时间和精力的生活阶段，应该是我们增进友谊的大好时机。这种友谊，也许是在微信里的一句贴心的祝福，也许是在生活中一次真诚的帮助，也许是在困难时一臂之力的托付，也许是在朋友间一股温馨的暖意。这一点一滴足够了，这就是关爱，这就是情义，这就是友谊。这种友谊的发散，还会影响周边乃至社会，意义大着呢！

所以，续真情、撒善心、凝福气、增友谊，这个聚会的意义是不是足够呢？来吧，兄弟们！来吧，姐妹们！这个大家庭是温暖的，是美好的。

冬季里的温情

（2017 年 2 月 1 日）

北方的冬天，寒风凛冽，冰冷刺骨。我走在家乡——蓬莱的海岸线上，更有一种古诗所表达的"寒风吹我骨、严霜切我肌"的切肤之感，我拿出手机想拍几张海景，却被刺骨寒风冻得关机。杜甫有诗"寒天催日短，风浪与云平"，这句诗是说冬季白天缩短，夜晚变长，风浪汹涌，几乎触及云端。是啊，海浪不断翻滚拍打着沙滩，雾蒙蒙的天空里呼啸的寒风毫无规律放肆地凛冽着……我急速转过身，将背部给了风，紧了紧头上的帽子，向家的方向走去。

冬天的感觉令人难忘。

然而想一想，冬天却把春的节日迎来了，春节也把亲人聚来了，这么一想冬季里才真正有了温情。家是温暖的，87 岁的老母亲安详地端坐在靠窗的椅子上，眼睛前挂着老花镜，手里捧着一本书或展开一张报纸，静静地细读着文字，一个动作保持良久。亲人们围坐在电视旁，一边吃着零食，一边看着节目，一边聊着感兴趣的话题。家，不仅因为暖气才有着温馨的氛围，更是因为其乐融融的亲人们，腻人的问寒问暖、争抢着操持家务、一起涌向厨房的场景，尤其一年未谋面的兄弟姐妹，把自己的心事倾诉，让家人出主意、想办法，更凸显了家的温情。

家里有老人，子女都会从四面八方聚集而来，就有了温情；家里有温情，屋子里就会充满欢笑和生气，就有了亲和力和凝聚力。一个单位、一个群体何尝不是如此呢！上班族们在办公室里，互相支持配合帮助，有困难共同分担，有欢乐共同分享，每天上班虽然辛苦，却可以愉悦心情，上班就不会感到乏味、枯燥和寂寞。多年的一些老同学相聚，不图吃不图穿，不为名不为利，就图老同学们在一起的欢乐，不断散发着浓郁的同学之情。我喜欢冬天里的这种温暖、温馨、温情的感觉。

再过两天，就要回北京了。我环顾妈妈家的四周，充满了节日气氛，一年一年的属相吉祥物，一盆一盆盛开的鲜花和绿植，把冬天的家装扮得温暖可亲。陈毅的一首《梅》中称："隆冬到来时，百花即已绝。"但是今日的冬季里，妈妈的家依然鲜花盛开。我不由得想起英国浪漫主义诗人雪莱的那句：冬天来了，春天还会远吗？

那个年代的女兵印记

——献给 38 军 104 野战医院 1977 年的女兵们

(2017 年 8 月 1 日纪念建军 90 周年)

1976 年。中国。天惊地动的一年。

周恩来、朱德、毛泽东三位世界巨星级伟人相继离世，全国上下人民的心情一次次被打击，全国人民沉浸在万分悲痛之中，久久难以平静。这一年祸不单行，东北天上陨石雨，唐山地下岩石动。尤其是唐山大地震，城市破碎，灾情惨重，38 军奉命奔赴灾区救援，虽立下汗马功劳，但灾害却让 24 万余人失去生命，令人不寒而栗。10月，雨过天晴，悲喜交加，"四人帮"得到应有惩罚，锒铛入狱。"文化大革命"随即被宣布结束。

1976 年年初，我从农村知青点应征入伍，成为 38 军的一员。新兵训练，未能参加抗震救灾，耳边传来的各种消息却不绝于耳。震惊的、悲伤的、惊恐的、喜悦的，让我和全国人民的心一样七上八下，不得安宁。

转过年来，一个"不解之谜"在军队内外悄然发生。那是 1977 年年初，主要以北京为轴心的华北地区的军队，集中在一段时间内，军队干部将子女在各自任职的部队之间进行互换流动，迅即应征入伍。尤其是一批批女生，大的近二十岁，小的才十三四岁，她们从工厂、学校走向军营，哭着闹着成为一代女兵，这是中国军史上第一次也许是最后一次集中招收大量女兵。这些女兵成为当时的一道风景线。干部子女聚集当兵的盛况，令人不可思议。如果不是当年华国锋主席发出"此风不可长"的批示，可想而知全军上下干部子女当兵入伍的热潮将会蔓延高涨到何等程度和地步，因为当兵尤其当女兵是多么令人羡慕的人生期望啊！

当时，我是 38 军军直通信营无线电连的一名战士报务员，突然一夜之间连队多了十几名女兵组成的女兵班。是啊，干部子女太多了，要找地方安置呀！通信营的无线电连大都是在教室里、电台车上进行每天 8 个小时的训练，虽枯燥乏味也很辛苦，却不像电话连、接力连和通信连时常外出风餐露宿。在全营没有一个女兵、女干部的环境里，突然间出现女兵的英姿倩影和喊喳细声，可想而知在连队所产生的震撼和骚动。记得我们连的周连长看到女兵时总是不停地摇着头，他对这些干部家庭娇生惯养的女娃娃们的训练和管理有些不知所措。

　　我后来调到 104 野战医院工作两年多，走进了女兵女干部集中工作的地方。对她们从认识到熟知，也见证了她们的成长与成才。她们中间有战场英雄、医学专家、高校领导、地方官员、公司大佬、社会精英，她们无论在军队还是走向地方不同岗位，都献出了青春年华，做出了突出贡献。如今，我们依然在猜测：她们当时加入军队的风浪是怎样兴起的呢？又有多大范围、多少女兵呢？我想，这些问题作为非军队上层机关是难以说明白的。但是，她们这段历史已载入国家和军队的光辉史册，成为永恒。

　　2017 年 6 月 7—10 日，原 38 军（番号已经取消，现为 82 集团军）104 野战医院的部分女兵在上海举行了当兵 40 年聚会，至今已过去近两个月了。为此填写一首词，献给与我们曾在一个战壕战斗过的女兵们，略表敬意！

满江红·女　兵

丁巳年间，
刚经历、天惊地动。
添新景、女兵集结，
军营难控。
跳舞唱歌天性秀，
身形倩影人为诵。
蓦回头、恰溢彩流光，
真出众。

入伍季，
娇气冲；
集训后，
英姿纵。
好身功练就、一生通用。
岁月沧桑人易老，
铅华洗尽情珍重。
看今朝、军地论英雄，
高歌颂！

玩微信感言：累眼睛　耗时长　占被窝　费流量

（2014 年 1 月 4 日凌晨）

最近，我玩微信的热情大大下降了，也许是因为工作忙，或是网络不通畅，也许是因为太占时间精力了，朋友圈的朋友有抱怨的，有过问的，有疑惑的。

微信之前，博客和微博时兴了一阵子，我没建立，有引发"语言跟踪"的顾虑。微信崛起之后，兴旺不太久的博客和微博瞬间坠落成了"石器时代"的产物。

微信发展和扩散得如此迅猛，成为年青一代和时尚一族"超前行为"的玩意儿，"落伍者"就会让身边的人感觉真的落伍了。与此同时，朋友圈里的朋友可以"偷窥"圈内朋友的行踪和思想轨迹，细心的人还可以从是"活跃者"还是"潜伏者"，以及从转发的内容中"揣摩"所关注朋友的"思想倾向"和"行为动向"。

刚开始玩微信，当你"发言"之后，就会时不时地留意朋友对你的关注，哪怕一个"赞"都会开心一乐或心花怒放。有好的文字内容，就在"百度"里搜寻相关图片，一并"编辑"发出，像是自己的作品，等待评价。有的时候，一个话题引发诸多朋友关注响应，就会莫名其妙地仿佛拥有了新闻思想"核心发布"的范儿，而不知喜从何来地彰显着屁颠儿屁颠儿状。

我的朋友圈巨大，有亲友、学友、战友、校友，还有领导、同事、老师、学生，包括全国各地、四面八方的历史"老人儿"、初次见面的现实"新人"，以及多年"杳无音信""不离不弃"的"死党们"，如果在朋友圈里一招呼，大家响应，距离拉近了，相处频繁了，感情加深了。因此，我在选择转发内容时，也会采取"提取公因式"的方法，发出的信息让不同历史结交、不同岗位建立的圈里的"亲们"都能有所感悟而接受。然而长此下去，我自己倒没了感觉。因为当你发出或转发一个信息后，瞬间就会被数量巨大的朋友圈的信息所覆盖。此时如果没有一个人"赞"一下或自己通过"我"翻页，则要往上"滚动"好久才能找出刚发的那条信息的"尊容"。

为此，我经常都会"赞"一下朋友发出的各式各样的信息、图片、文章、诗句。突然有一天发现，"赞"太单一了，容易发生你没看过内容且不适合用"赞"评价的信息，你却用了的情况。对方一定不置可否，或无论生熟心里都会怒骂：没有文化。的确，有些内容应该用"哭""怒""喊"等形式去表达，而不是一个"赞"。带有"政治色彩"的内容更不能轻易去"赞"了，也许会增加朋友"500 次基数"的砝码噢！

　　最近一个时期，微信内容的形成与转发越来越规范了，大部分都是用一个"小方格子"把内容框在里头，信息量之大、图片种类之多，甚至还有许多影视、动画节目之类，凡此种种，引人入胜。为此，我建立了一些"文件夹"，如画廊、旅行社、经济舱、摄影协会、影视节目、幽默大师等，分类储存，以备后查。当然，也有少量图片、文字，如果不拷贝、收藏起来，掌握微信的"官员们"就给你"咔嚓"掉了。我的手机内存出现问题，到手机专卖店检查，内容被格式化了，历史上存储的和朋友交流的信息以及各群的信息都没有了，我感到惋惜。后来知道，微信设置里有"聊天信息迁移"，找一个其他设备迁移后，手机维修完毕又可以迁移回来。这个功能真的很"绝"！

　　总而言之，玩微信要适可而止，不要影响工作、学习和生活，尤其是身体。过去写材料有四大特征"掉头发、撒黄尿、省被窝、费灯泡"，如今玩手机、玩微信，我归纳成四大特点"累眼睛、耗时长、占被窝、费流量"。不为别的，我关心的是我朋友圈里亲密朋友们的心身健康！

反思与反省

（2014 年 12 月 18 日）

　　什么叫父母官？父母就要有父母的责任和义务，发挥应有的作用。尽关心、呵护、帮助、支持的义务，尽教育、引导、修正、鼓励的责任，起到正能量、正效能的作用。当儿女表现出色时，给予表扬和鼓励，无私付出而心甘情愿；当儿女犯了错误，不会袒护和纵容，也不会漠视和旁观，更不会推责和迁怒。当然，无论对错，父母都应积极调查事情真相，不冤枉、不扩大、不回避、不敷衍。作为父母会勇于承担自己的责任，检讨自己的过失，保护和维护子女的利益和形象，为子女未来的成长与成才创造良好的发展环境和条件。当然，优秀的父母一定还会发现问题及时纠正，在过程中严格要求和约束，而不会放任自流和不分青红皂白。

　　父母官，就是希望做一个像父母一样呵护、关心和教育属下的领导者。在父母后面加上一个"官"字，没有了辈分，没有了亲昵；在官的前面缀上"父母"一词，是让官更富有情感，减少距离，降低高高在上、不食人间烟火的优越感，增添平易近人、与民同甘共苦的亲和力。

　　领导者，不仅具有话语权，而且具有决定权，也就拥有和掌握了所有自认为是真理的真理，包括真的或假的，而有些所谓的真理就会自然地伤害到自己和下属的尊严和形象，造成信任危机。不唯上，就是不逞愚忠之能事；不唯书，就是不仗离谱之理论。如果不是或不努力成为真正的父母官，这个官一定只剩下官位和权势，而缺失的却是父母的本质和素养。领导任性，处置草率，其结果就是对下属的不负责任，不仅会伤及下属的积极性，而且会伤及领导者的风范。

　　我们应该努力做一个优秀的父母官，能够抓大放小，正确决策；能够亲力亲为，身先士卒；能够正确掌舵，爱憎分明；能够光明磊落，阳光示人。

编后语

落叶非归期

清代诗人屈翁山用梦江南调所作的《落叶词》，寄寓了他的家国之感："悲落叶，落叶绝归期。纵使归来花满树，新枝不是旧时枝。且逐水流迟。"对我而言，离开职业生涯，并非是落叶绝归期，而是新生活的开始，也许还会尝试新的领域，也未可知。

"蝉噪林愈静，鸟鸣山更幽。"这就是大自然的境界。人在一个环境里待久了，不免嫌怨义愤。故"贾笔论孤愤，严诗赋几篇。定知深意苦，莫使众人传"。

还有一些诗词散文不合时宜，不在选录之列，却散落在许多人的微信短信里，就此销声匿迹吧。

在此感谢学校有关部门组织的若干活动，让我有幸领略了祖国的大好河山，也非常感谢朋友同事一路关心关照，使我维护了良好的心境。特别感谢刘木春书记，把赴英考察培训的机会让给了我，我才视野开阔地在异国他乡观景思物，诗兴大发。最后，感谢马克思主义学院院长李邢西，基础保障部书记王明发，后勤管理处处长卫波，副处长崔明男、赵秀兵以及退休干部处处长王秀华等同事对这部《鸟不知名声自呼——王志鸣诗词散文集》的大力支持和真诚帮助。由于本人水平有限，加之时间仓促，难免疏漏出错，敬请海涵！

作　者

2017 年 10 月 15 日